Das bayrische Dekameron

W0023736

Das Buch

Der Wiener Verleger, der 1926 bei Oskar Maria Graf in München erschien und von dessen kleinen satirischen Bauerngeschichten im Simplicissimus sehr angetan war, wollte vom Autor so etwas »auf pikant« haben: »Wissen S', Meister, so Geschichterln, grad noch hart am Polizeiverbot und an der Zensur vorbei!« Ein lohnender Vorschuß verlockte Graf zu diesem, wie er später schrieb, »drolligen Büchlein mit den lustigen Liebesgeschichten bäuerlicher Menschen, das ich in kaum vierzehn Tagen niedergeschrieben hatte«. Seinen »lieben Landsleuten« empfahl Graf sein *Dekameron* mit folgendem Werbetext, dem auch heute nichts hinzuzufügen ist: »Wer an Ärger oder Griesgram leidet, für den bin ich die beste Medizin. Viele haben sich über meinen Inhalt schon gesund gelacht ... Freilich, für Kinder bin ich nichts, aber ausgewachsene Weiberleut und Mannsbilder schätzen mich ungemein. Denn ich bin ein überaus fideles Bauernliebeslexikon mit entsprechenden Bildern und erzähle ungeschminkt, wie unsere Bauern daheim Liebschaften betreiben, Heiraten anbandeln und Hochzeiten machen. Wer sich darüber informieren will, der muß mich lesen.«

Der Autor

Oskar Maria Graf wurde 1894 in Berg am Starnberger See geboren. Von 1911 an lebte er als Schriftsteller in München. Von Wien aus, seiner ersten Exilstation, protestierte er 1933 mit seinem berühmten »Verbrennt mich!«-Aufruf gegen die NS-Machthaber. Ab 1938 lebte er in New York, wo er am 28. Juni 1967 starb. Unterschätzt oder mißverstanden, wie zeit seines Lebens, wird Oskar Maria Graf heute nicht mehr. Zwei große Werkausgaben im List Verlag, zahlreiche Taschenbücher und mehrere Verfilmungen seiner Bücher haben dem sozialkritischen Volksschriftsteller postum eine Wirkung verschafft wie nie zuvor.

Von Oskar Maria Graf sind in unserem Hause außerdem erschienen:

Bolwieser
Kalendergeschichten
Das Leben meiner Mutter
Unruhe um einen Friedfertigen
Wir sind Gefangene

Oskar Maria Graf

Das bayrische Dekameron

Mit einem Nachwort von
Martin Sperr

List Taschenbuch

Diese Ausgabe des *Bayrischen Dekameron* geht textlich auf die vom Autor selbst durchgesehene und 1959 im Verlag Kurt Desch, München, veröffentlichte Ausgabe zurück.
Gegenüber der Erstausgabe von 1928 (damals im Verlag für Kulturforschung Berlin, Wien, Leipzig herausgekommen) hat Graf seine erotische Geschichten-Sammlung um die Titel *Das Ausprobieren, Der Theodor-Verein, Der Anbinder, Das Spitzl, Der Hirnpecker, Ein handgreiflicher Beweis, Der ungewöhnliche Zeuge* und *Das Gerüst* bereichert.

Die Illustrationen von Walter Marcuse entstammen der Erstausgabe von 1928.

Besuchen Sie uns im Internet:
www.list-taschenbuch.de

Ungekürzte Ausgabe im List Taschenbuch
List ist ein Verlag des Verlagshauses Ullstein Heyne List GmbH & Co. KG.
1. Auflage August 2003
5. Auflage 2011
© Ullstein Buchverlage GmbH, Berlin 2007
© 2003 by Ullstein Heyne List GmbH & Co. KG
© 1994 der Neuausgabe Paul List Verlag im Südwest Verlag, München
© 1977 Süddeutscher Verlag, München
Umschlagkonzept: HildenDesign, München – Stefan Hilden
Umschlaggestaltung und Konzeption:
RME Roland Eschlbeck und Kornelia Bunkofer
(nach einer Vorlage von Hauptmann und Kompanie Werbeagentur, München – Zürich)
Mit freundlicher Genehmigung der Firma Meindl Bekleidung, Kirchanschöring
Papier: Munken Print von Arctic Paper Munkedals AB, Schweden
Druck und Bindearbeiten: CPI – Clausen & Bosse, Leck
Printed in Germany
ISBN 978-3-548-60345-2

INHALT

DAS AUSPROBIEREN
oder
DIE KATZ' KAUFT MAN NICHT IM SACK

Die Schneiderbinder-Hanni und die Schneiderbinder-Liesl kennt jeder Mensch in der weitläufigen Pfarrei Endersdorf. Es sind das zwei ledige Schwestern, sie haben das Schneiderbinderhäusl in Raglberg, rechter Hand, wenn man beim Dorf hereinkommt. Eine jede wird auch ihre tausend Mark bares Geld haben und sie leben schiedlich und friedlich zusammen.

Der alte Schneiderbinder ist anno 1928, sein Ehweib im vorigen Jahr gestorben. Damit ich's aber gleich sag', die Schneiderbinderin selig – eine sehr fromme Persönlichkeit bei Lebzeiten – ist eigentlich bloß an dem Ärgernis zugrund gegangen, das wo ihr die älteste Tochter, die Hanni gemacht hat. Nämlich die Hanni, ein Mordstrumm Gestell und gutding ihre dreißig Jahr alt, die Hanni also hat sich seinerzeit mit dem windigen Lermer-Wiggl eingelassen und daraus ist, wie man sich ausdrückt, ein Kind entsprungen. »Ein elendiger Bankert und net amoi a Hochzeit drauf!«, um mit der seligen Schneiderbinderin zu reden, denn der Wiggl ist schon, voreh die Hanni entbunden hat, ins Amerika hinüber und hat nichts mehr hören lassen.

Seither sitzen die zwei Schwestern im Schneiderbinderhäusl und das Kind wachst sich ganz schön her. Die Hanni hat genug von den Mannsbildern und läßt sich auf nichts mehr ein, aber sonst ist sie eine lustige Person. Das ledige Kind macht ihr gar nichts aus. Sie mag gut essen, wird von Tag zu Tag umfänglicher und läßt unseren Herrgott einen guten Mann sein.

Ganz anders ist's mit ihrer Schwester, der Liesl. Sie ist ja auch fast um zehn Jahre jünger, hat allerhand Rass' im

Blut, ist sauber um und um und läßt sich von keinem was vormachen.
Hinwiederum aber — dasitzen wie die Hanni will sie auch nicht, die Liesl. Infolgedessen hat sie sich auch dem Häuslmanns-Sohn Peter Wimpflinger oder, wie man's auf dem Haus heißt, dem Hofberg-Peter versprochen. Dabei ist aber allerhand passiert, welches nicht so eins, zwei, drei erzählt ist.
Ein alter Bauernspruch sagt: »Die Katz' kauft man nicht im Sack«, und darnach richtet man sich bei uns. Insonderheit wenn man das Heiraten im Sinn hat. Folgedessen hat selbstredend der Hofberg-Peter an die Liesl ein Ansinnen gestellt, das so weiter nicht verwunderlich ist. Die Liesl hat's auch nicht übel aufgenommen. Die zwei sind sich vollauf einig gewesen, bloß hat die Liesl gemeint, sie muß sich's noch einmal überlegen.
»Guat«, hat der Peter gesagt, »überleg dir's nur ... I wui net glei her und an Baam nauf!«
Auf das hin ist die Liesl heimgegangen und hat sich mit ihrer Schwester Hanni besprochen. Ganz und gar offen und von allen Seiten haben die Geschwister die Angelegenheit betrachtet. Gemeint hat die gewitzigte Liesl, wenn's der Peter gar vielleicht auch so machen täte wie derselbige windige Lermer-Wiggl, was denn nachher?
Und außerdem, sagt sie, als »unbefleckte Jungfrau« möcht sie denn doch schon vor den Traualtar.
»Wos er nachha macht«, hat sie in bezug auf den Peter gemeint, »dös is mir ja nachha wurscht ... Nachha konn er ja nimma aus ...« Dabei hat sie vollauf ungeschmerzt dreingeschaut und ihre Augen haben geglänzt.
»Mächtn taatst also scho gern?« hat die erfahrene Hanni sie mit einem kleinen Lachen gefragt.
»Hm, ja scho!« hat sich die Liesl nicht weiter versteckt: »Aber wer garantiert denn heutzutog noch für a Mannsbuid?«

Die zwei sind eine Zeitlang recht nachdenklich beisammengehockt.
»Hm, ja mei . . . Hm«, hat die Hanni öfters gemacht und auf das hin meint die jüngere Liesl wiederum fast ein wenig neugierig: »Du woaßt ös doch scho . . . Bei dir waar sowos vui einfacha . . .«
Wieder ist es einige Augenblicke lang zwischen ihnen stockstumm geworden. Endlich aber hat die Hanni den rechten Ausweg gefunden. Das heißt, eigentlich hat sie die Liesl ja direkt darauf gestoßen. Kurzum, nach einer Rede hin und her sagt die Hanni: »Noja, mir macht's ja nix mehr aus . . . I konn an scho ausprobiern an Peta . . .« Und damit ist man handelseins gewesen.
»Ja du, ja!« hat die Liesl ganz aufgegleimt gesagt. Natürlicherweis aber hat die Hanni sehr bezweifelt, ob denn auch der Peter damit einverstanden wäre.
»Ah!« sagt die Liesl: »Ah, der muaß einfach . . . Lossn konn er mi ja nimma! Dös hob i scho gspannt . . . Paß nu auf, der mog scho . . .«
»Gut! Mir is's scho recht«, ist die Hanni einverstanden gewesen und aus war es.
Hart hat sie ihn herreden müssen, die Liesl, aber zum Schluß hat er doch nachgegeben, der Peter. Ein Mannsbild ist Wachs, wenn ihm ein Weiberts den Kopf verdreht.
Zwei Tage drauf — so um Mitternacht — ist die Hanni vom Peter heimgekommen. Rote Backen hat sie gehabt und voller Blinken waren ihre Augen. Die Liesl ist in der Stuben gehockt und hat gleich gefragt: »No, wia is er?«
Da aber hat sich der Hanni ihr Gesicht doch ein wenig ins Mindere verzogen. »Jaja, er is a so it schlecht . . . Gor it aa«, sagt sie: »Aba dös, wos da Wiggl gwen is, dös is er ja lang it . . . Den konn er ja it an kloan Finger o!«

»So! . . . Soso, hm«, hat die Liesl bloß noch gemacht und – ich will's nicht mehr weit ausspinnen – auf Ehr' und Seligkeit, die Heirat ist nichts geworden.
Wie voreh leben die zwei Schneiderbinder-Schwestern schiedlich und friedlich zusammen in ihrem Häusl.

DER THEODOR-VEREIN

In Aching, einem umfänglichen Marktflecken im Niederbayrischen, woselbst sich das Finanz- und Bezirksamt sowie das Amtsgericht des Gaues befindet, im wunderschönen Aching gibt es einen seltsamen Verein: den Theodor-Verein. Er hat seine Ursache nicht etwa darin, daß es einen heiligen Theodor gibt, nein, er ist gegründet worden aus einem ganz und gar weltlichen Anlaß. Bestehen tut er seit vier Jahren, Mitglieder hat er seither ganze sechzehn Männer, mehr werden es nie werden, höchstens, wenn einer in die Ewigkeit muß, weniger.
Beim Theodor-Verein ist dabei der Oberförster Jegerlochner, der Friseur Atzlinger, der Bäckermeister Sesselbacher, der Kaminkehrermeister Windmoser, der Lohnkutschereibesitzer Ignaz Pranzinger, der Wirt vom »Grünen Baum« namens Joseph Pointner, der Postinspektor Bichler, der Assessor Mirzldinger, der Gendarmeriekommandant Heuberger, der Metzgermeister Silvan Allstettner, der Gemeinderat Hintauf, der Erste Bürgermeister Simon Ederinger, der Mesner Laukner, der Viehhändler Treiml, der — halt, halt, man sieht, das sind lauter honorige Leute!
Der aber, der als eigentlicher Urheber des Vereins gilt, das ist ein Bazi, wie er im Buch steht, ist als einziges Mitglied ledig und Schlossergeselle: er schreibt sich Johann Theodor Hanf, wird aber allgemein der »Amreiter-Tederl« geheißen, weil man das Haus, von wo er heraus gekommen ist, beim »Amreiter« heißt.
Und, damit ich's kurz sage: der »Theodor-Verein« ist so zur Welt gekommen: Nämlich eines Tages hat sich's in Aching herumgesprochen, daß die Kellnerin vom »Grünen Baum« in anderen Umständen ist. Die Kellnerin heißt Wally, ist eine resche, prall gewachsene Person und

bedient heute noch beim Pointner. Sie wird alt sein ihre achtundzwanzig Jahr, hat ein Maulwerk – um's in unserer Sprache zu sagen – wie ein Schwert und ist immer noch begehrt weitum. Augen hat sie – ich sag' dir, da steigt dir der Geist ins Blut, wann dich die anschaut.
Gut also, ihr Bauch ist eines Tages verräterisch dick gewesen, zu verheimlichen war nichts mehr, aber die Wally hat das kein bißl geniert.
Wenn ein Mannsbild auf sie zweideutig gelinst hat und etwa gleich gar sowas fallen gelassen hat wie: »No Wally, i moan glei gor, bei dir spukt's! Kimmst ja daher wia a trogerte Kuah!« und wenn er gefragt hat, wer denn da der Vater sein wird, alsdann hat sich die Wally breithüftig hingestellt und unangefochten gesagt: »Zu wos san mir Weiberleit denn do, moanst? Glaabst eppa, i mächt ois a austrocknete Jungfrau sterbn, ha! ... Wer der Vata is, dös werst scho derfahrn, neugieriga Tropf, neugieriga ... Schaug nur, daß d' es du it macha muaßt!«
»Hoho! Hoho!« hat auf das hin der also Angesprochene meistens herausgestoßen und war nicht mehr weiter neugierig.
Die tapfere Wally hat einen kugelrunden Buben zur Welt gebracht und der »Amreiter-Thedi« ist vorgeladen worden. Vor Gericht ist er nicht im mindesten reumütig oder gar bestürzt gewesen.
»Fräulein Wally Heitmüller gibt Sie als Vater an«, hat der Richter zum Thederl gesagt und gefragt, ob er was dagegen einzuwenden habe.
»Dagegn? ... Ja, scho«, gab der Thederl drauf Antwort.
»Sie bestreiten also die Vaterschaft?«
»Na, dös net, aba dö alloanige, Herr Amtsrichter!«
»Die alleinige? ... Was soll denn das heißen? Glauben Sie etwa, daß da mehrere im Spiel sind?« hat der Richter schärfer gesagt.

Und: »Ja! Jawohl, Herr Amtsrichter!« hat der Thederl geantwortet. Ganz frech und infam.
»So! Und können Sie das mit Ihrem Eid bezeugen?«
»Wenn's sei muaß, ja, Herr Amtsrichter«, sagt auf das hin der unerschrockene Thederl und lächelt ein wenig: »Aba es werd's kaum braucha ...« Der Richter hat den trockenen Kopf gehoben. Baff war er.
Der Thederl aber hat sich fester hingestellt und hat das Aufzählen angefangen, ganz sachlich, ganz gemütlich.
»Also«, hat er gesagt: »Do is amoi der Pointnerwirt selba, nacha der Herr Oberförster Jegerlochner, nachha der Metzger Allstettner, der Hintauf, der Bürgermoasta, der – – –«
»Tja, Tja ... Wa-was soll – Unsinn! ... Beleidigen Sie doch ...!« schrie der Richter. Er ist einer, der – wie man bei uns sagt – zum Lachen in den Keller hinuntergeht und ewig ein Gesicht macht, als hätt' er Essig gesoffen. Aber der Thederl ist gar nicht anders geworden.
»Nana, beleidigen? ... Koa Red davo, Herr Amtsrichter ... Nana, aba dö Herrn kunntn ja selba aa kemma, wenn's sei muaß!«, hat er kreuzruhig gesagt und auf das hin ist die Verhandlung vertagt worden.
Beim Pointner, im »Grünen Baum«, haben den Thederl alle »Väter« urfidel empfangen. Der ganze Marktflecken hat über diese niederträchtigen Ehebrecher getobt und natürlicherweise hat es da und dort, bei so einem honorigen Menschen daheim, eine hitzige Ehestreiterei gegeben.
»A so a Loadsau ... A so a Dreckfetzn!« haben die entrüsteten Weiber von Aching über die Wally geschimpft. Die hingegen hat sich gar nicht versteckt und kühn ist sie jeden Tag mit dem Kinderwagerl durch die Straßen gefahren. »Ös?« hat sie zur bissigen Reblechnerin gesagt: »Ös ...? Ös derhoits ja net amoi oa Mannsbild, aba bei mir kinna zwanzge kemma, nachha bin i oiwai noch ganz!«

Und richtig: Theodor hat der Bub geheißen, dem Buchstaben nach scheint der »Thederl« auch Vater zu sein, hingegen die Alimente – pro Mann vier Mark im Monat – zahlt jedes Vereinsmitglied pünktlich am Ersten.
»Bei sechzehne trogt sich a Kind aus«, sagt die Wally: »Do gibt's aa koane Streitigkeitn! Wenn oana so wenig zoin muaß für sei Todsünd, riskiert er's gern!«
Und jedesmal, wenn es sehr laut und lustig zugeht im »Grünen Baum«, dann ist ganz gewiß der Theodor-Verein beisammen.

DER ANBINDER

Jeder von uns kennt das große, weit auseinanderlaufende Anwesen in der Dorfmitte von Hammertshausen, das dem Ludwig Pichelsrieder – oder wie man ihn hierorts seit vaterszeiten heißt – dem »Schmaußbaurn« gehört. Bei uns nämlich werden die eingesessenen Leute nach den Häusern genannt. Dem Schmaußbaurn ist voriges Jahr seine Alte weggestorben. Der Ludwig, sein ältester Sohn, ist im Krieg gefallen; die zwei Töchter Leni und Margreth sind im schönsten Heiratsalter, und der Barthl, der jüngste, kriegt also einmal den Hof.

Von den Schmaußens sagt man in unserer Pfarrei: »Auf den Vorteil aus, wia der Teuf'l auf d' Seel', aber net recht pfiffig, dafür aber um so grober.« Das trifft ganz besonders auf den Barthl zu. Wie die männlichen Mitglieder der Schmaußfamilie hat er in seinem Aussehen, seiner Statur und in dem, wie er sich gibt, durchaus nichts Einnehmendes. Eckig und linkisch und jähzornig ist er, sein ungutes Gesicht mit den kleinen Augen, die immer herausfordernd drohend ausschaun, ist um und um mit Sommersprossen besät, und brandrot ist sein kleiner Bart und sein dichtes Haar. Stiermäßig gedrungen ist seine mittelgroße Figur. Dazu kommt noch, daß er, von einem Schuß durchs linke Knie vom Krieg her, ziemlich hinkt. Die Schmaußtöchter dagegen sind brünett und gelten weitum als bildsauber. Sie wissen das auch und sagen es bei jeder Gelegenheit grad heraus, ja, wie erzählt wird, haben sie sich schon als Schulkinder lebhaft für ihre Körperbeschaffenheit interessiert. Zur Margreth zum Beispiel hat der Schmauß einmal nebenher lustig gesagt: »Hm, jetzt bist schon ausg'wachsn und host noch net amal den eignen Orsch gsehng!« Was zur Folge hatte, daß die Margreth kurzerhand in die gute Stube ging, auf den Tisch hinaufstieg,

den Rock aufhob und ihren hinteren Körperteil im Spiegel betrachtete. Den Vorwurf, hat sie auf das hin gemeint, könnte man ihr jetzt nicht mehr machen.
Kurz und gut also, so ungefähr sind die Schmaußens. Und damit ich bei der Sache bleibe: Der alte Schmauß ist auch arg ausgerackert und will schon lang übergeben. Der Barthl sucht sich schon eine Zeitlang eine Hochzeiterin. Nachdem ihn die Weblinger-Sephi von Fichtelberg ziemlich spöttisch und schroff abgewiesen hat, sagte die Ampletzer-Rosl, bei der er es alsdann versuchte: »Barthl, du muaßt schon z'erst schaugn, daß d' deine vorlauten Schwestern o'bringst ... I heirat' bloß in a leers Haus 'nei!«
Das leuchtete dem Barthl auch ein. Er wurde von da ab zu seinen Schwestern recht ungemütlich, aber der Margreth war er da nicht gewachsen, die nämlich hat, wie man bei uns sagt, »a Maulwerk wie an Schwert«. Hingegen in bezug auf die Leni war alles viel leichter. Etliche Monate darauf verkündete der hochwürdige Herr Pfarrer Mayer von der Kanzel herab, daß »sich die ehrenwerte Jungfrau Magdalena Pichelsrieder, Bauerstochter von Hammertshausen, und der unbefleckte Jüngling Xaver Holzinger, Bauerssohn von Buchberg, die Ehe versprochen hätten«.
Kurz nach Ostern gab es eine schöne Hochzeit. Der Barthl hockte mit der Ampletzer-Rosl am Brauttisch und zeigte eine recht zufriedene Fidelität, was natürlicherweise rundum so ausgelegt wurde, daß man bei ihm auch bald eine Hochzeit erhoffen könne. Wie aber das Tanzen angefangen hat, ist es dem Barthl arg schlecht gegangen. Mit zusammengebissenen Zähnen hat er mit der Rosl ein paarmal getanzt, nachher aber ist es einfach nicht mehr gegangen, weil ihm sein Fuß so weh getan hat. Die Rosl aber tanzt für ihr Leben gern, nicht mehr zum Halten ist sie gewesen. Mit aller Verbissenheit verfolgte der Barthl sie auf Schritt und Tritt, und wie sie gar auf einmal jeden Tanz mit dem Lemmlinger-Feschl tanzte und auffällig zu-

traulich zu ihm wurde, da ist dem Barthl die Hitze in den Kopf gestiegen.
»Jetzt hörst aber auf, gell!« hat er zu der Rosl gesagt, wie sie schwitzend und lustig auf den Platz zurückgekommen ist: »Lang schaug i nimmer zua, Rosl, wiast du mit dem Saukerl pussierst ... I sog dir's, i häng mi glatt auf, wennst du mir untrei werst!« Die Rosl – grad was Schönes ist sie nicht und geht auch schon ins dreißigste, aber resch und vorlaut ist sie wie alle beim Ampletzer – die Rosl hat zuerst bloß drauf gelacht. Keck, wie so Weibsbilder schon sind, hat ihr das vielleicht auch gefallen, daß sich der Barthl *und* der Feschl um sie gerissen haben.
»Ah du!« hat sie schnippisch zum Barthl gesagt, und gutmütig hat sie ihn einen »Stoffel« geheißen, der wo überhaupts nicht mit der Zeit geht. Heutzutag, hat sie gemeint, ist's nimmer wie früherszeiten. Jetzt ist man nicht mehr so muffig, heutigerzeit ist ein Mannsbild sogar stolz darauf, wenn seine Hochzeiterin überall das »G'riß« hat. Zungenfertig ist der Barthl nicht, also hat er nicht gleich was darauf sagen können und es war auch schon zu spät, wiederum hat der Feschl die Rosl zum Tanz weggerissen. Grad geflogen sind die zwei. Im Barthl hat alles gekocht vor Wut.
»Rosl«, hat er gesagt, nachdem sie wiederum neben ihm gehockt ist: »Rosl, i mach koan G'spaß, i häng mi pfeilgrod auf! I derhäng' mi!« Und seltsam, vielleicht war es das Bier oder weil er sich genierte, in seiner Eifersucht ist er gar nicht jähzornig geworden, im Gegenteil, zu wimmern hat er angefangt: »Mit'm Feschl tanzt du mir nimmer, Rosl ... Ich sog' dir's, ich häng' mi glatt auf, wennst net bei mir bleibst ... Ich häng' mi auf, nachher host du mi auf'm Gwiss'n!« Fest hat er sie am Arm gepackt und nicht mehr losgelassen, wie jetzt der freche Feschl wieder dahergekommen ist.
»Au! Grobian!« schrie die Rosl auf einmal: »Loß mi aus,

sog i! Aus loß mi!« Und ganz und gar voller Wut ist sie aufgesprungen, hat sich losgerissen und ist mit den Worten aus der Bank: »Derhäng di, meinetwegen! Saugrober Siach! Mit uns zwoa is's aus!« Weg ist sie mit dem Feschl, aber diesmal nicht mehr zum Tanz, einfach verschwunden waren die zwei. Mit einem fast weinerlichen Brüller ist der Barthl auf und hinum und herum geloffen, endlich aus dem Saal hinaus, und gesucht hat er wie ein Stier, in der ganzen Postwirtschaft, alsdann in der Nacht draußen, aber umsonst. Das hat ihn nach und nach ganz nüchtern gemacht. Fuchsteufelswild ist er schließlich heimgegangen. »Dö is mir auskemma«, hat er in bezug auf die Rosl vor sich hingebrümmelt: »Der Dreckfetzen konn bleib'n, wo er mog, aber wenn i mir an andere suach', dö kimmt mir nimmer aus ... Gor nimmer aa!«
Das war sein fester Entschluß, und diesmal ist er bedachtsamer vorgegangen mit seiner Heiraterei. Er hat sich die Weiberleute genauer angeschaut. Bei der Irlinger-Leni in Walchstadt ist es dann doch wieder was geworden, die Leni hat dem Barthl gegenüber eine viel geduldigere Zugänglichkeit gezeigt. Vielleicht, weil sie eine kleine Häuslerstochter gewesen ist und der Barthl ein Bauerssohn. Außerdem – beim Irlinger hat keiner die Gescheitheit mit dem Löffel gefressen, ganz im Gegenteil!
Aber trotz alledem haben die alten Irlingerleute und der Michl, der Sohn von ihnen, zum Barthl einmal gesagt: »Ünser Leni hot nix gegen di, Barthl, aber, sogt s', sie will doch wart'n mit'm Heiratn, bis dei Schwester Margreth soweit is ...«
Ja, hat auf das hin der Barthl gemeint, so was wird er jetzt schon richten. Auch er hatte genug von dem Warten, auf der Stelle wollte er die Margreth verheiratet wissen. Er ging zu seinem Kriegskameraden, zum Lerminger-Wastl, und beredete sich mit ihm.
Zuerst, riet er dem, soll er's von der guten Seite anpacken

mit der Margreth, aber wenn das nichts hilft, nachher gewaltmäßig.
»Du verstehst mi scho, Wastl«, schloß er, zwinkerte mit dem einen Aug und setzte treukameradschaftlich dazu: »Auf a poor hundert Mark kimmt's mir net o, wennst ös z'sammbringst.« Ausgemacht war's. Sie gaben sich die Hand und gingen auseinander. Am andern Sonntag kam der Wastl zum erstenmal wie zufällig ins Schmaußhaus. Er redete hinum und herum, er wurde ein bißl deutlicher, aber die spöttische Margreth lachte ihn bloß aus. Hingegen er ließ nicht locker. Er kam am andern Sonntag wieder, er tauchte auch hie und da nach Feierabend auf und wurde zudringlicher, endlich fürs erste gemütlich handgreiflich. Da gab ihm die Margreth einfach eine Watschn, und wenn er so weitermache, meinte sie: »Nachher kannst noch ganz was anders derleb'n . . .«
Das war an einem Sonntag vor der Kornmahd. Der Barthl ist beim Unterwirt drunten gesessen und hat gewartet. Der Wastl ist gekommen und hat erzählt.
»Soso«, sagt der Barthl, »soso, sie mog also absolut net . . .?«
»Ja«, meint der Wastl drauf, »do bleibt nix anders mehr übrig als wia der Kornacker . . . Mei Liaba, dei Schwester, dös is ja a ganz a bockstarre . . .«
»A ganz a hundsheiderne, wia i g'sogt hab«, bekräftigte der Barthl und riet: »Do hilft nix als wia wos ganz Radikals . . .«
Und er versprach, der hochnäsigen Margreth die Sache schon beizubringen.
»So sekkier' ich s' scho, da s' windelwoach werd . . . Da konnst di verlassn drauf, Wastl«, schloß er: »Und an Sunnta, do packst ös!«
Einig waren sie wie nach einem guten Viehhandel. Die ganze Woche schimpfte und raunzte der Barthl daheim herum. Mit einer Findigkeit, die keiner bei ihm erwartet

hätte, setzte er seiner störrischen Schwester zu. In der Früh' fing er schon das Streiten an, denn seitdem der alte Schmauß nicht mehr ganz so regieren konnte wie früher, war eigentlich er der Bauer. Kurzum, wenn die Margreth auch nie verlegen war im Abwehren und Hinausgeben, diese giftige Feindseligkeit Tag für Tag war ihr doch zuwider. Einmal, als sie allein in der Kuchl hockten, sagte sie zu ihrem Vater ein wenig verdrossen: »Do möcht i am liabern heiratn und mei eigner Mensch sei ...«

»Am g'scheitern waar's«, meinte der alte Schmauß müd. – – –

Zerkratzt und zerzaust, weinend und zerhetzt kam die Margreth am Sonntag von der Kirche heim. Brandrot war sie im ganzen Gesicht, und sofort rumpelte sie in die Kammer hinauf. Hätte es einer gesehen, wie sie aus dem Kornacker heraus wäre – Zuchthaus wäre dem Wastl sicher gewesen. Der Acker gehört dem Eitelberger. Er liegt linker Hand vom Pfarrdorf, von einer strichweiten, verwachsenen Waldung verdeckt. Von ihm bis herunter nach Hammertshausen geht man gut eine halbe Stunde bei festem Schritt. Im Heimlaufen wird der Margreth doch allerhand durch den Kopf gegangen sein, meine ich, denn sonst wäre alles vielleicht anders gekommen. Etliche Tage ist sie arg verstört gewesen und hat auch hin und her überlegt. Insgeheim hat sie dem alten Schmauß was erzählt und damit geschlossen: »Wenn i den Hundling aa vor's G'richt bringa tat, a Kind krieg i doch und d' Schand bleibt aa ... I mach's anders, Vata ... Da Wastl soll mich noch kenna lernen ...«

Nämlich, als schließlich der Wastl – weiß Gott auf welchen Wink – am andern Sonntag frecherweis' doch wieder zum Schmauß gekommen ist und sich kleinlaut und versöhnlich stellte, was passiert da?

»No«, sagt die Margreth keck lachend: »Dei Aug' is ja aa noch ganz schön blau und dö Kratzer in dein'm G'sicht

g'falln mir aa ... Wastl, mi konnst hob'n ... Dös anderne werd'n mir nachher schon sehng!«
Ich muß da ein bißl vorgreifen, sie hat den Wastl wirklich geheiratet, aber der hat seitdem keine gemütlichen Zeiten mehr.
Damals, als dieses gewißlich überraschende Ereignis geschehen ist, hat sich der Barthl, ihr sauberer Bruder, sofort aufgemacht und ist hinüber zum Irlinger nach Walchstadt. Ganz alert war er und hat mit der Leni offen geredet. Die Irlinger sind auch dazugekommen und der Michl. Ja und Amen haben sie alle gesagt zu einer Heirat. Kreuzlustig hat der Michl gesagt: »Herrgott, so was laßt sich feiern, Barthl ... Am Samstag is Veteranenvereinsball, do konnst di gleich sehng loss'n mit der Leni, daß dö Leut' wiss'n, wia s' dro san.« Mir nichts, dir nichts hat der Barthl zugestimmt, und die Leni ist auf einmal wie umgewandelt gewesen. Sie hat ihm vor der ganzen Familie ein schmatzendes Busserl gegeben, und gesagt hat sie, auf dem Veteranenvereinsball soll's lustig werden. Schnell hat sich herumgeredet, daß der Barthl und sie ein Paar werden und am Sonntag drauf, beim Unterbräu, sind die zwei auch demgemäß aufgenommen worden. Aber dumm, sehr dumm, saudumm – ganz und gar hat der Barthl vergessen gehabt, daß er 's mit seinem hinkenden Fuß beim Tanzen mit keinem aufnehmen kann. Jetzt ist's ihm auf einmal eingefallen. Und getanzt nämlich, getanzt hat auch die Leni nicht ungern. Verschiedene Burschen haben sie immer wieder vom Barthl weggeholt, und wenn sie auch jedesmal ein bißl geschämig und recht schmeichlerisch zu ihrem Zukünftigen gesagt hat: »Gell, Barthl, du hast nix dagegen, gell ... Dösmal no, gell ...«; dem Barthl ist doch wieder der Zorn in den Kopf gestiegen und auf einmal hat er die Leni grob gepackt und ist mit ihr hinaus aus dem Saal. »I schaug do net zua ... Glatt aufhänga müaßt i mi!« stieß er ihr draußen ins Ohr

und zog sie weiter: »Du kimmst mir nimmer aus!« Die Leni torkelte, weil sie alle zwei schon ein bißl Bier hatten, mit ihm weiter und redete ihm ein ums andere Mal gut zu. Denn, hatte ihr der alte Irlinger gesagt: »A so a Goldfischerl, Leni, dös loßt man als Häuslerstochter nimmer aus.«
»Glatt aufhänge tua i mi, Leni, wennst du net bei mir bleibst!« wiederholte der Barthl immer wieder. Krampfhaft hielt er sie am Arm und hinkte ärger und ärger. Ob er einen Rausch oder bloß mehr Schmerzen am Fuß hatte, war schwer zu erraten. Im Walchstadter Forst kam er kaum vom Fleck. Elendiglich graunzte, rülpste und jammerte er. Ganz angst und bang wurde der Leni.
»Wos host denn, Barthl? Is dir net guat?« fragte sie. Er aber belferte bloß wiederum: »Auskemma tuast mir nimmer! I loß di nimmer aus!« Noch ärger hinkte er, und da wurde es der Leni unheimlich, denn er zog und zerrte sie vom Weg weg ins Holz. Nicht ließ er sie aus und raunzte und knurrte immer das gleiche.
»Ja, um Gotteswilln, Barthl, wos host denn? Wos willst denn?« fragte sie geschreckt.
»Nix! Gar nix weiter!« gab er grob an und verriet ihr, daß er unbedingt etwas verrichten müsse, was jeden von uns ankommt, wenn der Bauch gefährlich grimmt und rebelliert.
»Aber auskemma tuast mir deswegn doch nimma! Davonlaufa loß' i di net!« keuchte er heraus und drückte die verschrockene Leni gewaltmäßig an einen Feichtbaum, schnell zog er einen Strick heraus und – eins, zwei, drei – band er sie an. Umsonst war ihr Schreien, ihr Stoßen und Wehren. Und alsdann – höchste Zeit war's ja schon für den Barthl – alsdann tat er, wozu ihn sein Bauchgrimmen zwang.
Die Leni hat ihn auf das hin trotz allem Zureden seitens ihrer Eltern absolut nicht mehr mögen. Aus der Heirat ist

nichts geworden, und heut' noch lauft der Barthl ledig herum, aber wo er auftaucht, raunt man sich insgeheim spöttisch ins Ohr: »Jetzt kimmt der Obinder!« Der Spitzname bleibt ihm ...

DAS BRAUTVERSTECKEN

Damals wie der Langhammer-Hans und die Windmoser-Marie von Peichlwang beim Seewirt in Aufdorf ihre Hochzeit feierten, hat der Finschl-Michl ganz allein das Brautverstecken besorgt. Er und die Marie sind – um den Suchenden das Finden ja recht schwer zu machen – einfach in die Kammer vom Postboten Lechner hinauf, welcher seit Jahr und Tag beim Seewirt im zweiten Stock logiert. Recht nett und gemütlich hat der Lechner seine Junggesellenkammer eingerichtet. Außer den sonstigen Möbeln steht auch noch ein breiter Diwan drinnen, drüber hängen – als besonderer Prunk – die Tabakspfeifen, ein ganzes Register. Auf diese Sammlung ist der Lechner nicht wenig stolz. Uralte und nagelneue, lange und kurze, rare Prachtstücke und gewöhnliche Dinger sind darunter. Ein schönes Bild macht die Gruppe.

Dunkel war's schon, als der Michl und die Marie in die Kammer kamen. Vom Tanzen schwitzten sie noch und vom Stiegenhinaufrumpeln keuchten sie. Kichernd und lachend standen sie da.

»So, do find't üns so schnell koana, Marie«, sagte der Michl und riegelte die Tür zu. »Dös denkt koana, daß mir da herobn san.« Wie er sich aber umdrehte und wieder zurückkam, trat er der Marie auf die Füße.

»Au! Auweh!« jammerte die, denn so ein Nagelschuhtritt tut weh.

»Jesaß – Jesaß! . . . Sei stad, Marie, sei stad!« beruhigte sie der Michl. »Hock di hi, Marie! . . . Geh weita!« Und als sie auf dem Diwan saß, wollte er gleich den barmherzigen Samariter spielen.

»Na, nana! Na, Michi, loß's bleib'n! Es is scho wieda rum!« wehrte die Hochzeiterin ab. »Loß mein Fuaß aus, i gspür scho nix mehr!«

Wie aus Zufall fuhr der Michl vom unteren Fuß weiter wadelaufwärts. Bloß so.
»Loß's bleib'n, Michi!« sagte sie wiederum und drückte ihre Hand auf dem Rock dagegen. Der Michl griff nicht mehr weiter, ließ aber seine Hand, wo sie war und sagte bloß: »Gottseidank – i bin ja froh, daß i dir it weh to hob.«
Jetzt hörten die zwei die Suchenden drunten vor der Wirtshaustür auf der Straße. Die Marie reckte sich zum Fenster hin und lachte leicht auf: »Hm, dö suacha üns an Stoi hint'n.«
»Dö moana, mir macha üns küahdrecki!« sekundierte der Michl ebenso, und jetzt war er schon beim runden, prallen Knie der Hochzeiterin.
»Geh, aba Michi!« fiel dieser das Wehren wieder ein, aber sie mußte doch lachen.
»Herrgott, Marie, do kriagt er aba wos Richtigs, der Hans«, konstatierte der Michl und setzte noch einnehmender dazu: »Wenn bei dir überoi sovui dahoam is, do kann er si gratalier'n, der Hans.«
»I – hja, waar scho guat«, protzte sich die Marie ein wenig, strich aber gleich wieder auf ihrem Rock dagegen: »Jetzt gibst amoi a Ruah, Bazi . . . Scham di doch, Michi.«
»Aba a Bussei kriag i, Marie?« lenkte der Michl ein. Wer lang fragt, der geht lang irr, dachte er und drückte schnell sein heißes, bärtiges Gesicht auf ihre Backe. Sie wich zurück und spürte dabei seinen anderen Arm über ihrem Rücken.
»Geh jetz, Michi! Heunt a da Ho'zat?!« warf sie ihm vor: »Michi, Sakra – –«
»Heunt is's koa Sünd nimma, Marie«, meinte der unerschrocken: »Du bist scho aa so was G'schmochs aa! . . . Geh weita, Marie! . . . Ös woaß's und siehcht's ja koa Mensch it und i bin ja stad – stad wia'r a Grob!«
Er lachte, sie kicherte und sträubte sich. Von drunten her-

auf schmetterte aus der offenen Saaltür die Trompetenmusik. Lärmen und Juchzer stiegen auf.
»Aba Michi! Sakra –!«
»Dö kemma net, Marie! Geh weita, Marie!« setzte der Bursch ihr kecker zu. Nicht ließ er nach, feste Griffe hatte er.
Zuletzt sagte er fast sachlich: »Tua dein Jungfernkranz oba, Marie – net daß ma'n dadrucka.« Und sie legte ihn auf den Tisch.
Der Diwan vom Lechner quietschte stillvergnügt . . .
»Herrgottsakra! Herrschaftseitn!« knurrte der Michl ein paarmal, denn hinter ihm, an der Wand, krachte es hie und da.
Dunkel war's. Die Saaltür mußte wieder zu sein. Lärm und Musik klangen gedämpfter. Jetzt kamen die Suchenden aus dem Stall drüben.
»Geh weita! Schnell! Setz dein'n Kranz auf . . . Net daß d'Leit moana, du host'n net verdiant«, sagte der Michl aufstehend. Die Marie schwang sich hastig in die Höhe und tat es.
»Jetz gehng ma schnell an Gang aussi! . . . Geh!« rief der Michl: »Jetz werd'n s' glei daherrumpeln.« Eilsam zog er die Hochzeiterin hinaus.
»Härst ös! . . . Schnell!« wisperte er und rannte mit ihr in die nächstbeste Türnische. »-dsakra!« knurrte er in sich hinein, weil die Lechnerkammertür ein wenig laut zuflog. Schon rannten Hochzeiter und Schwager über die knarrende Stiege herauf und tappten auf dem Gang dahin.
»Do sans g'wiß!« sagte der Hans, und der Michl machte ihnen das Finden leicht. Er hustete ein wenig.
»He! . . . Do sans! Do!« schrie der Schwager und schoß auf die zwei Versteckten zu. Schon hatte er sie. Dem Hans löschte das Zündhölzl aus.
»Enk zwoa kunnt ma um an Tod schicka – ös bleiberts wenigstens lang gnua aus!« spöttelte die Marie lachend

ins Dunkel hinein und ließ sich vom Hans arglos am Arm nehmen.
Lachend und lustig-polternd ging's in den wirbelnden Saal hinunter. – – –
Der Postbote Lechner hatte in derselbigen Nacht einen Brandrausch und wachte in der anderen Frühe auf, gestreckterlängs auf dem Kammerboden liegend. Zuerst glotzte er, rieb sich ein ums andere Mal die Augen, glotzte wiederum und sah auf einmal, daß herunten, an der Wand am Diwan, fast alle Pfeifen kaputt waren. »Himmi-himmiherrgottsakrament-sakrament!« fing er das Fluchen an und konnte sich dieses windige Unglück absolut nicht erklären. Auf dem Tisch sah er etliche Myrthenspuren und wischte sie ärgerlich weg.
»Himmikruzifix-kruzifix! Herrgottsakrament-sakrament!« fluchte er kurz darauf auch beim Wirt drunten: »I woaß's net! ... I bin doch gor it a d'Wand hinkemma! ... Grod is's, wia wenn's umgeht bei mir drob'n! ... Kruzifix-kruzifix!«
Der Seewirt ist einer, dem schnell was aufgeht, der aber sein Maul halten kann, wenn's sein muß. Er lachte bloß. Etliche Tage darauf aber hockte der Finschl-Michl zur Brotzeit am Ofentisch beim Seewirt. Und wie es so oft geht, da kam man auf das Brautverstecken zu reden. Der Seewirt, der Lechner und der Michl waren da, sonst keiner.
»Schö host ös g'macht, Michi ... Fast dreiviertel Stund' hob'n s' di gsuacht!« sagte der Seewirt verkniffen: »Auf dös ist ja aa koana kemma, daß d's ös bis an obern Gang auffikemmts ...«
Und da auf einmal gab es dem Lechner einen Ruck. Er drehte sich hastig auf den Michl zu.
»H – ßt!« pfiff er leicht durch seine Zähne und zog die Stirn zusammen: »Holla, Bazi! Jetzt geht mir a Liacht auf!«

»Wos denn?« fragte der Michl, aber so verstellen konnte er sich doch nicht.
»I wui ja 's Mai hoitn, aba meine Pfeifan werst ma guat macha, Hundling, ganz schlechta!« sagte der Lechner bloß noch und »Ja, in Gottsnam! Aba gwiß muaß's sei!« ergab sich der Michl lachend und machte ihm den Schaden gut. Freilich erst am anderen Tag, aber immerhin.
»Herrgott, teir konn a so a Brautverstecka komma, Sakrament-sakrament!« kratzte er sich dabei, denn bare fünfundvierzig Mark verlangte der Lechner. Nicht ließ er handeln mit sich.

DIE WUNDERDOKTORIN

Der alte Spruch ist und bleibt ewig wahr: Der Mensch hängt am Leben wie der leibhaftige Teufel an der sündhaften Seel'.
Und mag so ein Malefizleben auch noch so zuwider sein, besonders wenn man – wie zum Beispiel der Scherber-Lenz – in einer Tour krank ist, vom Sterben will einer deswegen doch nichts wissen, nicht das mindeste. Im Gegenteil, grad wenn einem die Leiden recht zusetzen, wird man erst richtig zäh. Es kann schon fast gesagt werden, daß man dann direkt bockbeinig wird. Man glaubt seinem Wehdam ganz einfach überhaupt nichts mehr und sagt genauso, wie der Lenz zu Zeiten, wenn ihm sein Rheumatisches wieder in der Gewalt hatte: »Du leckst mi am Orsch, Saukärpa, vareckta! Daß d' ös woaßt! . . . Narrisch bin i und gspür oiwai ois's, wennst du mit deine Muckn daherkimmst! . . . Am Orsch leckst mi! Host mi ghärt!«
Das kam nicht selten vor, denn der Lenz war ein ganz besonderer Gichtbruder. Hauptsächlich im Frühjahr und im Herbst, wenn der Witterungswechsel einsetzte, konnte man ihn so auf seinen Körper schimpfen sehen. Sehen und hören, sag' ich, denn er ließ seine Wut bei jeder Gelegenheit und überall aus sich herauspuffen.
Drum war's auch in Berblfing jedes Kind gewohnt und es interessierte keinen Menschen mehr, wenn er – wie man das bei uns heißt – seine »narrische Viertelstund« hatte.
Selbigesmal aber, wie der Lenz auf einmal im Pregler seiner Wirtsstube mitten unterm schönsten Diskurs wieder so zu granteln anfing, da ist's dem Strasser-Beischl doch zu dumm worden und er hat gesagt: »No . . . Wos

host d' denn jetzt wieda, narrischer Teifi, narrischer ...? Dös is ja doch dengerscht aus mit dir! ... Mittn drinn fahrt er auf wia'r a scheicher Stier!« Und alle schauten auf den Lenz. Ein wehleidiges Gesicht machte der und gleich schrie er den vorlauten Strasser an: »Ja, *di* mächt i sehng, wennst *du* amoi a so a Gichtn hättst! ... Du waarst übahaaps nimma zum hobn!«
Streiten mag er nie, der Strasser-Beischl. Er ist ein verträglicher Mensch, das muß man ihm lassen. Er lenkt gleich wieder ein.
»Noja!« sagte er also auf das hin zum Lenz: »Vo dem sogt ma ja aa net! ... Vo dem is koa Red ... Aba i tat mi hoit amoi richti auskuriern lossn, wenn i wia du waar ...«
Und das stimmte den Lenz auch wieder um. Er wurde ruhiger, und wie das bei uns ist, der ganze Tisch fing jetzt über Heilmöglichkeiten der Gicht vom Scherber-Lenz zu reden an. Den regsten Anteil nahm man an dem Leiden seines geplagten Mitmenschen.
»Di is hart z' rotn«, meinte beispielsweise der Pregler, »dö oanzige, dö wo do wos macha hätt kinna – d' Kohlhäusler-Traudl –, dö liegt unter der Erdn, und dö Herrn Dokta? ... Mit dö, wennst mir net gehst ... Dö verschreibn dir a Pulverl und kemma mit a 'ra Mordstrumm Rechnung daher ... Helfa kinna s' dir an Dreck!«
»Dös is amoi gwiß wohr«, bekräftigte der Bärnlochner: »Do kimmst grod recht zu dö Herrn ...«
»D' Kohlhäusler-Traudl hot aa nix verstandn ... Wenn s' wos kinna hätt, na waar s' net selba gstorbn ... Do drah i d' Hand net um zwischen dera und dö Dokta!« äußerte sich der Gemeindediener Lampl und rief einen starken Meinungsaustausch hervor.
»Mir hot s' net gholfa ... gnau so wenig, wia ma der Hofrat Persamer helfa hot kinna ... schlechter is's wordn, ja«, meinte der Lenz.
Und der Bärnlochner hinwiederum sagte: »Dös gscheita

waar's, ma legert si hi und varreckert, wenn oan wos fehlt . . . na waar's glei aus.«
Und einige nickten.
Der Strasser-Beischl hingegen meinte: »Jetz i glaab gwiß net, wos a so a Dokta sogt . . . Aba wenn i dro denk, wia s' mein Christl an Lazarett sein steif'n Arm ausg'heilt hobn – bloß mit lautern Massiern, na muaß i do dengerscht wos glaabn.«
»Ja! . . . An Kriag! . . . Do hobn s' ja dö Hoibkaputtn aa wieda aufbrocht . . . Aba a so a Gichtn, bei dera konn der Teifi wos macha!« brummte der Lenz.
»Dös . . .? . . . Dös ist ja doch aa nix anderschts gwen ois a Rheumatisch, mit mein Christl . . . Er is vowundt wordn an Knia, hot nimmt laffa kinna, is liegn bliebn auf'm freien Feld . . . Und bis s' kemma san und hobn an gholt, is iahm ois's gfrorn gwen . . . Aba scho a so, daß er koan Knocha nimma rührn kinna hot . . . Und do hot er nacha dös Rheumatisch kriagt . . .«, erzählte der Beischl, und alsdann kam er wieder auf das Massieren zu sprechen und daß es eine Krankenschwester gemacht habe, kurz und gut, daß in der Stadt drinnen, soviel er wisse, solcherne Weibsbilder massenhaft seien, die wo das Geschäft betreiben.
»Dös is ebn wieda aa so wos Nei's«, meinte der Bärnlochner zweifelnd. Aber der Bürgermeister Hirlinger war doch auf dem Beischl seiner Seite und sagte in seiner hurtigen, fortschrittlichen Aussprache: »Jaja, so wos hob i aa scho ghärt . . . In der Zeitung steht's aa hie und do . . . Massörin hoaßt ma dös . . .« Und weil er's mit seiner ganzen Bürgermeistergewichtigkeit sagte, der Hirlinger, deshalb brach er auch jeden Widerspruch.
»Maa-assörin hoaßt ma dös . . .?« fragte der Lenz interessiert und zog seine Augendeckel hinauf.
»Jaja . . . I hob's scho oft gles'n«, meinte jetzt auch der Beischl.

»Ja . . . Und wia is 'n na dös . . . Wos macht denn dö mit oan?« wollte der Lenz wissen, und da erzählte ihm der Beischl – immer wieder unterbrochen von erläuternden Zwischenbemerkungen seitens des Hirlinger –, wie man es bei seinem Christl gemacht habe, dieses Massieren.
Der Lenz überlegte hin und her, und als ihm die Geschichte allmählich einleuchtete, meinte er, in Anbetracht, daß man dabei ja keine Medizin brauche: »Na werd ja dös Kuriern a koan Haufa Geld net kostn, moanert i . . .?«
»Ah! . . . D'Weibsbuidaberuffe san doch seiner Lebtog no billiga gwen wia d' Mannsbuidakräfte . . .«, rief der Hirlinger schon fast amtlich hochdeutsch. Und das wirkte.
»J–a–a«, murmelte auf das hin der Lenz wiederum nachdenklich. »Na moan i gor, i probier's amoi . . . Probiern geht üba Studiern . . .«
Und schon brachte der Pregler die Zeitung daher und zeigte ein Inserat, das also eine solche Masseurin empfahl. Der Beischl las es durch, der Hirlinger las es, der Lenz und überhaupt der ganze Tisch. Zum Schluß war man sich darüber einig, das sei das Richtige, schon weil's dem Strasser-Beischl-Christl geholfen habe, und der Bürgermeister Hirlinger setzte sein Augenglas auf, der Pregler brachte die Tinte und einen Briefbogen, und der erste schrieb dem Lenz die Adresse auf. Und allgemein befriedigt wendete man sich im Gespräch wieder anderen Dingen zu.
Der Lenz ging heim und fuhr am andern Tag mit dem ersten Zug in die Stadt. Wie das schon ist, wenn man nach jahrelangem Herumsuchen und Sinnieren etwas gefunden zu haben glaubt, das wo hilft – er war ganz aufgegleimt und sagt sich schon im geheimen, wenn's hilft, die Kur, auf das Geld komme es ihm nicht an. Sein schönes Sonntagsgewand hatte er an und sah ganz patschierlig aus. Auch seine Knochen taten ihm heute nicht weh. Er ging mannhaft durch die geräuschvollen Straßen Mün-

chens und fand nach einigem Fragen auch glücklich zu der Masseuse Johanna Windel, Holzstraße 44, im zweiten Stock.
Er läutete und mußte ziemlich lang warten. Nun ja, dachte er sich, bei den Doktorsleuten, da mußt du immer so lang warten, vielleicht hat sie gerade einen Patienten in der Kur und kann nicht weg. Als es aber doch zu lang wurde, drückte er noch einmal an die Klingel. Herrgottsakrament, da steht doch »Sprechstunden von 11 bis 12 Uhr«, sagte er sich im stillen schon ein wenig kritisch, war aber auf einmal wie umgewandelt, als sich drinnen was rührte. Freundlicherweise nahm er jetzt auch gleich seinen Hut vom Kopf und bemühte sich, ein devot-verbindliches Gesicht zu machen. Der Türspalt ging auf und ein zerzauster Frauenkopf kam zum Vorschein, unter wuschligen Haaren ein ziemlich verpudertes, riechendes Gesicht, das sofort mürrisch wurde und fragte: »Was wünschen S' denn?«
»I bin vo Berblfing, Frau Doktarin ... Da Scherber-Lenz ... I möcht gern vo Iahna kuriert werdn ... Wega meiner Gichtn«, brachte der Lenz nur stockend heraus und streckte den Zettel hin, den ihm der Bürgermeister Hirlinger geschrieben hatte. Die Frau Masseuse verschwand einen Augenblick hinter der Tür, las den Zettel und rief dann schon viel freundlicher: »Jaso ...! ... Einen Moment ...«
Dann schloß sie die Tür. Der Lenz schnaufte wie erlöst und richtete sich gerader auf. Und jetzt ging auch schon die Tür ganz auf, und die Frau Masseuse – nebenbei gesagt, eine recht stramme Persönlichkeit – empfing ihren Patienten mit dem freundlichsten Gesicht der Welt.
Gleich sagte sie in der einnehmendsten Legerität: »Soso, von Berblfing bist, Schatzi? ... Komm nur rei ...«, und der Lenz brachte direkt seine Augen nicht mehr weg von ihr, so einladend war sie aufgemacht. Einen brandroten,

seidenen Schlafrock, der ihre Körperformen nicht nur auf das vorteilhafteste umschmiegte, sondern auch ihre üppige Vorderfront ungeniert zeigte, hatte sie umgeworfen. So, wie unser Herrgott eben so was geschaffen hat, zeigten sich dem staunenden Lenz die weißen, runden Schultern und die nur von einem dünnen Spitzenhemd leicht umrahmten, ziemlich ansehnlichen Brüste. Herrgottsakrament, aber das war schon eine gar seltsame Doktorin! Dem Lenz wurde ganz heiß, wie er jetzt hinter ihr in das große, warme Zimmer ging, in welchem es wie in einem Blumengarten roch. Er blieb dumm stehen und schaute wie ein abgestochenes Kalb auf das breite, schneeweiße, spitzengemusterte Bett und fragte auf einmal:
»Ja–a–ja–a, bin i denn do rächt?«
»Ha – hm! Natürlich bist do rächt, Schatzi! ... Do setz di nur hi und ziag dein Mantl ob ... Häng 'n an d' Tür hin ... Gstell di nur net gor so lappert!« gab ihm die Masseuse Johanna Windel zur Antwort und ließ sich mit einer auffallenden Fidelität auf das rote Plüschkanapee fallen: »Geh nur weita, geh nur ...«
Weiß der Teufel, so studierte Leute, die genieren sich auch schon vor gar nichts, dachte sich am Ende der Lenz und tat also, was ihm angeschafft worden war, hing seinen Mantel und Hut auf und kam neben die Frau Doktorin auf das Kanapee. Ganz bocksteif hockte er da und getraute sich absolut nicht, sie anzuschauen.
»Na, also, wos wuist denn ausgebn, ha, Schatzi? ... Dreißg Mark is dös wenigst«, sagte sie jetzt und legte – mir nichts, dir nichts – ihren nackten Arm um die spitzigen Schultern vom Lenz. Und da gab's dem denn doch einen Ruck. Er wandte sich also ihr zu und – Kreizherrgottsakrament-sakrament – sie zog ihn noch fester an ihren nackten Oberkörper. »Geh weita, gstell di doch net gar so saudumm!« Der Lenz aber richtete sich jetzt auf und linste couragiert auf sie.

»Ja–ja–a–a, seids ös eppa a Huar . . .?« fragte er, und gleich ließ sie los und bekam schon ein hundsmiserablig-ungemütliches Gesicht. Ganz angst wurde dem Lenz, weil sie jetzt aufstand und beleidigt etliche Schritte auf und ab ging, indem sie sagte: »Du, gell, tua dir fei net solcherne Frechheitn erlaubn! . . . Wos glaabn S' denn, Sie ung'hobelts Mannsbild, Sie ung'hobelts! . . . Daß i fei an Schutzmann hol und Ihna obführn loß . . .!«
Auch der Lenz war zögernd aufgestanden und wußte überhaupt nicht mehr, was er tun sollte. Da stand er, wie wenn er die Hose voll hätte. Die Sache war doch arg brenzlig. »Nana, entschuidign S', Frau Dokta — i — i«, stotterte er heraus und wollte schon gehen.
Aber wie das schon einmal ist, wenn zwei ganz und gar fremde Menschen durch ein Mißgeschick zueinandergeraten und alsdann doch sehen, daß sie sich im Grund gar nicht so zuwider sind – man wurde schließlich handelseins. Es war bloß gut, daß der Lenz einen richtigen Batzen Geld mitgenommen hatte. Erst mit dem letzten Zug fuhr er wieder heim, und am andern Tag erzählte er dem Bürgermeister Hirlinger ganz alert, so was – da sei überhaupt die Kohlhäusler-Traudl direkt ein Dreck dagegen gewesen.
»I sollt no a poormoi kemma, moant's«, sagte er und verzog sein breites Maul zu einem versteckten Lächeln, »ganz und gor bring i s' o, mei Gichtn, garantiert s' mir . . .«
Und wirklich, er schaute auch her wie ein Junger, der Scherber-Lenz. Schnackerlfidel war er. Sein Reißen war zwar noch nicht ganz weg. Er schimpfte aber kein bißl mehr. Es schien schon fast, wie wenn's ihm recht wäre, daß es nicht so schnell geht mit der Heilung. Er zeigte ein so zunehmendes Interesse für die Behandlung der Frau Doktorin in München, daß es auch der Strasser-Beischl-Christl mit der Kur probieren wollte, weil er immer noch am Rheumatischen litt.

Der Lenz verriet ihm zwar, daß ein Haufen Geld dabei draufginge und meinte immer wieder, wenn der Christl zu ihm um die Adresse kam und sich erkundigte, wann er wieder in die Stadt fahre: »Jetzt woaßt wos, Christl? ... I wenn no so jung waar wia du ... I tat mir net solcherne Köstn macha ... Dös tat i net ... Bei dö Junga, do legt sich's vo selm, a solchers Leidn, sogt s', mei Doktarin ... Du muaßt dir denka, bei dir is's ja a Rheimatisch's ... Aba bei mir ist's ja a Gichtn ... Dös is wieda ganz wos anders! ... Für so was, glaab i, is s' gor net eigricht, mei Doktarin ... Sie kuriert übahaaps bloß Gichtn ..., hot s' zu mir gsogt ...«
Beim Christl aber kann man hinreden, soviel man mag. Er geht ja doch seinen eigenen Gang.
»Jetz, i probier's amoi ... I fahr' ganz einfach nachha alloa nei ... Geh weita, gib mir d' Adreß«, drang er immer wieder in den Lenz, und der konnte schließlich nicht mehr aus. In Gottesnamen gab er ihm also die Adresse. Ein Gesicht schnitt er zwar dabei, wie wenn er Essig gesoffen hätte. Ganz was anderes aber passierte, was sich der Lenz überhaupt nicht hätte träumen lassen.
Nämlich der Christl fuhr in die Stadt und kam auch erst mit dem allerletzten Zug heim. Am andern Tag, in aller Frühe, ging er zum Lenz hinauf. Der wollte sich schon verstecken. Grad noch erlurte ihn der Christl und mit einem seltsam zweideutigen Lachen sagte er: »Du Lenz, dös is dir aba schon ganz wos Gwandts, dö Doktarin! ... I konn dir sogn ... I gspür jetz scho fast nix mehr ... Do fahr' i glei wieda nei, wenn i wos gspür ...«
»Du ...?« stieß der Lenz verwirrt heraus und schaute wie geistesabwesend auf den Christl. Maul und Augen standen ihm minutenlang offen und rot und blaß wurde er nacheinander.
»Ja freili ... Dös is scho dös Rächt«, meinte der Christl bloß noch und: »Hoit no d'Votzn, damischer Teifi, daß

üns koana ins Gäu geht!« setzte er schneller hinzu, verzog sein viereckiges Gesicht noch mehr und ging gemütlich aus dem Scherber-Haus. Der Lenz schaute ihm nach, direkt schreckhaft. Vielleicht war's ihm wirklich, wie wenn ihm ein Geist erschienen wäre. Er schnaufte nicht, er rührte sich nicht, starr und baff war er. – –

Das Maulhalten konnte natürlich der Christl am allerwenigsten. Grad durch seine Sprechereien kam die Geschichte von der Wunderdoktorin herum. Auffällig war bloß, daß sich der Scherber-Lenz jetzt fast gar nicht mehr sehen ließ. Einmal aber erwischte ihn der Bärnlochner doch. Ausweichen ging absolut nicht mehr, denn es war mitten auf der Dorfstraße.

»Du Lenz«, fing auch der Bärnlochner gleich an: »Hot dir denn dö Doktarin wirkli a so geholfa, wia der Strasser-Beischl-Christl oiwai daherspricht . . . Der ziagt mir dö Gschicht gar a bißl groß auf . . .«

Der Lenz linste ihn so halb und halb an und lächelte recht komisch, alsdann wurde alles an ihm mißtrauisch, sein Geschau und sein Mundwinkelzucken.

»Wos lachst denn jetzt do so drecki? . . . Wos schaugst mi denn gor so komisch o . . .? Red hoit!« ärgerte sich der Bärnlochner, weil der andere immer noch nicht »Gick« und nicht »Gack« sagte.

»Noja . . . I–j–ja–a, . . . i gspür nimmer recht vui«, stotterte auf das hin der Lenz verlegen heraus und wollte weiter. Aber der Bärnlochner ließ nicht locker.

»I muaß jetzt aa amoi was toa wega mein offna Haxn . . . I moan gor, i probier's aa damit«, erzählte er und erkundigte sich: »Wos host denn jetz du zoin müassn . . .?«

»Zoin . . .? . . . An ganzn Haufa! . . . Billi is's net«, gab der Lenz Auskunft, weil er genau wußte, daß man vom Geld nicht anfangen durfte beim Bärnlochner. Dieser verzog auch schon das Gesicht und bekam recht betrübte Falten auf der Stirn.

»Soso, rächt sündtei'r is's?« brummte er viel kleinlauter. »Aba mei, mit mein Haxn muaß i jetz wos macha ...« Dann trottete er humpelnd durchs Vorgärtl in sein Haus. Man sah's ihm von hinten an, daß ihn das mit der Kostspieligkeit höllisch wurmte. Er drückte auch noch lang herum, bis er sich zum Stadtfahren entschloß. Weil aber unterdessen der Schneider-Löffler, ein besonderer Spezi vom Strasser-Beischl-Christl, auch bei der Wunderdoktorin drinnen gewesen war und zusammen mit dem Christl erst recht erzählte, so probierte er es doch ganz insgeheim. Bei ihm wird's vielleicht genau so gewesen sein wie bei allen anderen. Das kann schon sein. Wie er aber kleinweis verlauten ließ, muß doch was nicht gestimmt haben. Jedenfalls machte er, im Gegensatz zum Christl und zum Schneider-Löffler, ein zerdrücktes Gesicht, als man kurz darauf wieder beim Pregler auf die Windlin zu sprechen kam. Wie er zu den beiden Spezis hinüberblinzelte, das läßt sich schwer beschreiben. Es schaute auch ganz so her, als wenn er am liebsten gar nichts gesprochen hätte von diesem Thema. Er murkste schwer an den Worten herum.
Ein richtiger »Lattierl« war er ja schon immer gewesen, der Bärnlochner, wenn er gleich oft das Maul recht weit aufriß. Aber diesmal hatte es ihm direkt die Stimme verschlagen.
»Ja, mei ... Bei mir hot s' übahaaps net untersuacht«, erzählte er, »i bin zu ihr kemma ... A kuraschierts Weiberts is s' scho, dös muaß ma sogn ... Und stramm beinand ... Versteh konn s' scho wos, dös gib i scho zua, aba offne Füaß hot 's gsogt, dö behandelt s' net ... I hob scho glei gsogt, zoin kunnt i net vui ... Und do hot 's mi ogschaut ... Aba scho a so, sog i dir ... Durch und durch schaut s' oan ... Und nacha hot s' mi wieda weitagschickt ...«
Die andern Bauern sagten nichts drauf. Der Christl und

der Löffler zwinkerten einander zu und alsdann sagte der vorlaute Löffler: »Jetz, mir hot s' gholfa ... Und bei mir hot net amoi d' Kohlhäusler-Traudl wos macha kinna ...«
»Ja, no ... Dös is hoit a Spezialistin«, meinte der Bürgermeister.
»Bloß für dös Rheumatisch und für Gichtn ... Frogts no amoi an Scherber-Lenz ... Den hot s' ganz und gor gholfa«, bekräftigte der Christl und lächelte verkniffen.
»Ja ... Dös gib i scho zua ... Aba an Haufa Geld hot's iahm kost, hat er mir gsagt«, brummte der Bärnlochner wieder dasig.
»Ja mei ... So an Haufa Leidn, dö woin studiert sei«, äußerte sich der Pregler hinwiederum. »Is scho gnua, wenn ma a poor ganz ausheiln ko ...«
Und trotz dieses Zwischenfalles nahm der gute Ruf der Johanna Windel im Berblfinger Gebiet zu und zu. Seltsam war bloß, daß alle, die sich von ihr behandeln hatten lassen, einander immer verschmitzt anschauten und auffällig oft zu ihr hineinmußten. Der Scherber-Lenz, von dem wußte man nichts Genaues. Aber der Christl, der Löffler, der Anzengruber-Ferdl und der Beigeordnete Lermer, so oft, wie die in die Stadt fuhren, das war schon ganz aus. Dann kam noch der Berberger-Silvan dazu. Und alle diese »Kurierten« bildeten an den Wirtstischen geradezu einen Verein.
Eines Tages aber machte sich auch die junge Anzengruberin auf und fuhr zur Frau Doktor Windel, weil sie sich seit dem letzten Dreschen vor Rückenschmerzen kaum noch gerade halten konnte. Der Ferdl mußte – ob er wollte oder nicht – mit ihr fahren.
Der Löffler, als er die zwei an seinem Haus vorbeigehen sah, der kratzte sich bloß und sagte unwillkürlich: »Auweh!«
»Wos?« fragte seine schwerhörige Alte.

»Ah ... nix!« brummte er wiederum, nadelte auf Hauts-Drein und war den ganzen Tag saugrantig.
Am selben Nachmittag aber sah man die zwei Anzengruber-Leute auf der Raschenbacher Straße daherkommen, und zwar so, daß die meisten Nachbarn aus den Häusern liefen und ganz und gar baff waren.
»Ös Sauteifin! Ös Huarnstingln, ös gräuslige! . . . Ja, schaugts no!« plärrte nämlich die Anzengruberin dem Lermer, dem Löffler und dem Berberger-Silvan zu: »A Huar is s'! ... Schaamts enk, Saukerln!«
Und von dem Tag an fährt keiner mehr von den Männern aus dem Berblfinger Geviert zur Frau Doktor Windel in die Stadt. Was sich alles ereignete, nachdem die Anzengruberin sich diese »Ärztin« angeschaut hatte, läßt sich ja leicht denken. Ich möchte bloß nebenbei erwähnen, daß der Ferdl, der ja schon immer ein Pantoffelheld gewesen ist, eine ganze Woche mit einem blauen, verkratzten Kopf herumging und daß sich die »Kurierten« nicht mehr zusammenhockten an einem Wirtstisch.

DER BESTRAFTE LURER

In München und in unseren lieblichen bayrischen Fremdenorten gibt es eine seltsame Brüderschaft, von der niemand etwas weiß. Sie hat ja auch keine Statuten und Ordensregeln, macht sich weiter nie bemerkbar, und ihre sogenannten Mitglieder kennen sich nicht einmal untereinander. In lauen Sommernächten aber kann es vorkommen, daß plötzlich so ein Bruder neben dem anderen im Dunkel eines Strauches steht oder auch wo anders. Das ist alles. Diese Bruderschaft heißt man »Die Lurer«. Leute sind es, die versteckte, heimliche Liebespaare belauschen und – weiß Gott warum – ein Vergnügen daran haben.
Ein Lurer war auch der Alois Penzinger, eigentlich Schlossergeselle aus München, damaliger Zeit aber »auf Saison« tätig in Starnberg.
Wer das schöne Starnberg kennt, kennt auch die dortige Seepromenade. Sie zieht sich am Ufer entlang, vom Undosabad bis zur Bahnunterfahrt, und ihre Hauptzierde ist ein langer Laubengang mit vielen Nischen, in denen Bänke stehen. Wer da in heißen, schönen Sommernächten sitzt, läßt sich denken.
Der Penzinger-Alois war ein flotter Bursch und hatte auch alsbald die Apothekerköchin Maria Amseder – um in seiner Sprache zu reden – »für die Saison reserviert«.
»Du, Alisi – heunt und morgn und übamorgn muaß i mit da Gnädign ins Gebirg auffifahrn und z' Garmisch ünsa Blockhäusl herrichtn . . . Mei Herrschaft wui nämling aa auf d' Summafrischn«, sagte die Marie eines Tages zu ihrem Loder.
»So«, sagte er, »jetz do schaug . . . Dö gebn's aba groß . . . San a so schö z'Starnberg und macha no a Sommerfrischn.«

Komischerweise ärgerte das die Marie. Gleich fing sie halbwegs zu jammern an: »I konn doch aa nixn dafür! ... I konn doch nit sogn zu der Gnädign, i mog it mit.«
»Schmarr net so saudumm daher«, wies sie der Alois mannsbilderstreng zurecht. »Wer hat denn vo dem gredt.«
»Ja no, weilst aa glei a so brummst«, meinte die Marie schmollend.
»Ah! ... Spinnerts Luada, spinnerts!« schnitt ihr hinwiederum der Alois das Wort ab. Alsdann sagte er halb spaßig und halbwegs warnend: »Aba verschaug di fei net, gell! ... Do wenn i wos derfahrert, do wer' i fei windi!« Aus. –
Am darauffolgenden Freitag fuhr die Frau Apotheker mit der Marie ins Gebirge hinein. Erst am Montag, hatte die letztere zu ihrem Loder gesagt, kämen sie wieder.
Samstag wurde es. Nach Feierabend zog sich der Alois um und überlegte, ob er nicht gar nach München hineinfahren sollte. Da kam sein Spezi, der Antelsberger-Joseph, ebenfalls von dort her und in Starnberg als Kellner auf Saison, und sagte: »Geh weita, Alisi, heunt gehng ma zum Luarn a d' Seepromenad außi ...«
Umstimmen ließ sich der Alois gleich, bloß »Aba z'erscht loß ma's uns a bißl guat geh!« meinte er.
»Guat, is mir aa recht«, stimmte der Antelsberger-Joseph zu. Sie gingen also zum »Pellet Mayer« und aßen, sie hockten sich nachher noch auf etliche Maß in den »Tutzinger Hof« hinauf, kurzum, sie warteten, bis es spät und dunkel war. Alsdann wanderten sie zur Seepromenade hinaus. Schnüffelnd gingen sie hin und her, ganz harmlos redeten sie miteinander. Klarsternig war der Himmel, drüben im Undosabad leuchteten noch die Lichter und draußen im See schwamm hie und da ein Boot mit einem bunten Lampion. Gegen Mitternacht war es

schon, da und dort kamen Liebespaare aus der Promenadenlaube und gingen auf dem knirschenden Uferweg weiter. Ruhiger und unbelebter wurde es. Schnell schossen Alois und Joseph in die Laube, grad so schnell verteilten sie sich – jeder lag unter einer anderen Bank.
»Pßt!« machte der Joseph: »Pßt jetz! Ös kemma scho Leit . . .« Es stimmte auch. Der Kies knirschte. Auf dem Joseph seine Bank setzte sich ein Paar und auf die vom Alois auch. Der vorsorgliche und sicher auch sittenstrenge Verschönerungsverein Starnberg hatte diese Ruheplätze ziemlich weit auseinander gesetzt. Ganz gleich warum – die Paare hockten, zuerst redeten sie jeweils arglos laut – über die schöne Nacht, über den ruhigen See und dergleichen – alsdann wurden sie stumm und stummer und murmelten bloß noch ab und zu. Der Alois konnte sich freuen und der Joseph erst recht. Hinum und herum drückten die ober ihnen. Schnaufen hörten sie und Stöhnen und das leise Geschmatz von Busserln, allerhand noch.
Das Mannsbild oberhalb vom Alois war ein richtiger Draufgänger, scharf ging er ins Zeug.
»Net! Net, Gustl«, hörte der Alois jetzt das Weibsbild sagen: »Net, Gustl!« Und das gab ihm einen Riß. Die Stimme war ihm bekannt.
»Geh, jetzt mach nu net so Umständ!« brummte der Mann ober ihm: »Schleun di, sog i . . . Mir san doch net umasunst doher ganga!« drang der Mann in die Weibsperson und jetzt knarzten die Bankbretter, die Kleider rauschten leise.
»Net, Gustl . . . Heunt it, na – na, it«, jammerte das Weibsbild noch ärger, und jetzt konnte es der Alois schon nicht mehr aushalten vor Wut. Die Marie war's, keine andere, die Marie, dieses verlogene Mensch, wo gesagt hatte, im Gebirg sei sie mit der Frau Apothekerin. Unwillkürlich, wie von selber stieß der Alois leicht an

den einen Fuß vom Mannsbild und biß die Zähne aufeinander vor Giftigkeit. Direkt das Schwitzen brach ihm aus allen Poren.
»Ps–ßt«, machte der Gustl und hielt inne.
»Hoit!« wisperte er leise der Marie zu und alle zwei hockten sich augenblicks grade hin. Dem Alois pumperte das Herz. Nicht mehr schnaufen konnte er.
»Gehng ma!« sagte der Gustl zur Marie und alle zwei erhoben sich. Der Alois überlegte – sollte er schreien und aufspringen, einfach auf die zwei los, oder sollte er's der Marie morgen richtig geben. Er zersprang fast, war baff und starr, kalt und siedheiß gleicherzeit. Wart nur, du schlechtes Mensch, du! dachte er ingrimmig, wart nur, dir hau ich morgen schon das Gfries voll, daß du drei Wochen nicht mehr aus den Augen schauen kannst! Wart nur, dir gib ich schon das Gebirgfahrn! Und er blieb liegen. Er hatte das Aufstehen vergessen.
»Geh nur zua . . . I kimm glei«, hörte er jetzt den Gustl sagen: »Geh nur zua . . .« Und der Kies knirschte, stockdunkel war es. Die Schritte der Marie hörte der Alois, der Gustl aber war stehen geblieben und fing das Wasserlassen an. Gradwegs über die handbreiten Abstände der Bankbretter rieselte der heiße Strahl, dem darunterliegenden Lurer über Kopf und Gesicht.
»Hundling!« knurrte der Alois plötzlich und kroch halbwegs aus der Bank. Schnell drehte sich der Gustl um – und eilsam sauste er davon. Über und über triefend stand endlich der Alois im Dunkel der Laube. Das drentere Paar war erschreckt aufgesprungen und machte sich eilends davon. Wie ein schwarzer Schatten jagte der schnaubende, sich schüttelnde Alois vorbei, in großen Sätzen die Seepromenade entlang. Er fand keinen Gustl und keine Marie. Sie fuhren nämlich draußen im See in einem Ruderschiff spazieren. Es muß sehr schön gewesen sein, denn erst in der Frühe um drei Uhr kam die Marie

heim und am anderen Tag gab es einen höllischen Krach beim Apotheker.
»So was Liederliches! Ich verbitt' mir das, verstanden? ... Das gibt's einfach nicht, Sie schamlose Weibsperson, Sie!« kreischte und schäumte die Frau Apothekerin. Die Marie heulte wie ein Schloßhund und log das Blaue vom Himmel herunter. Allerscheinheiligst bat sie immer wieder um Verzeihung und durfte bleiben. – – –
Drei Wochen später gab es vor dem Amtsgericht Starnberg eine Verhandlung gegen den ledigen Schlossergehilfen Alois Penzinger wegen Körperverletzung, begangen an dem augenblicklich stellungslosen Dienstmädchen Marie Amseder.

DIE STANDHAFTE

Der Sattlermeister Joseph Lederer von Wirlbach, kurzerhand »Sattlersepp« geheißen, war lange Zeit in unserem umfänglichen Gau als der berüchtigste Weiberkenner bekannt. Er war ein junger Wittiber, stand gut in den Dreißigern, hatte jahraus, jahrein seine Arbeit bei den vielen Bauern rundum und war außerdem Besitzer eines netten, schuldenfreien Anwesens mit einer kleinen Ökonomie. Sein Weib war ihm vor zirka sechs Jahren an Wochenbettfieber gestorben und kurz darauf auch der Sepp, das kleine Kind. Dieser Unglücksfall ging dem Sattlersepp lange Zeit nach, langsam aber veränderte er sich. Der einst so ruhige Mensch wurde laut und lauter, und wenn er auch gerade das Saufen nicht anfing – die Wirtschaften hatte er jetzt hübsch gern. Wo er auftauchte, wurde es lustig. Überall schätzte man seine unermüdliche Fidelität, bei jedem Ball tanzte er die jungen Burschen in Grund und Boden und die Weiber rissen sich um ihn. Jede wollte Sattlerin werden und jede wurde zugänglich, wenn der Sepp es nur darauf anlegte. Jede konnte er – wie man so sagt – »anzünden«, wenn er's wollte. Gerade diese leichten Erfolge aber machten den Sattlersepp insgeheim mißtrauisch. Er sah gewissermaßen hinter die versteckten Weiberabsichten, er wurde Philosoph, er wurde Weiberverächter.
»Geh mir zua! – A jede geht her, wenn's sei muaß! Koane hot an Charakta!« war das mildeste Urteil, das er über die Weibsbilder abgab. Und grad mit Fleiß schmuste er mit jeder und heiratete sie alsdann doch nicht. Weiß Gott. Mannsbilder gibt es, die brauchen bloß einen süßen Augenaufschlag machen und schon stehen ihnen Tür und Tor offen bei den Weibern und so war's beim Sattlersepp. Kein Wunder, daß man in

Mannsbilderkreisen auf sein diesbezügliches Urteil etwas gab. Er war auch gar nicht geizig damit. Wenn ihn einer fragte – so ein Bursch oder ein Wittiber – wie es mit dieser und jener stehe, verzog er bloß ein paarmal sein Maul, schaute vielsagend auf den Fragenden und fing mit seinen Erfahrungen an. Wenngleich man bei uns – hat nun einmal einer das Heiraten im Sinn – auf Dinge wie Jungfräulichkeit und dergleichen nicht allzuviel gibt und sich gesunderweise mehr nach *dem* richtet, was eine mitkriegt – wahrhaftig, der Sattlersepp von Wirlbach konnte mitunter derartig über eine in Aussicht genommene Hochzeiterin reden, daß der Freier ganz griesgrämig wurde und zuletzt sagte: »Nacha loß i 's liaba bleibn . . . Nacha mog i net!«
»Tuast aa recht!« schloß alsdann der Sepp befriedigt. »I möcht di net obbringa . . . Wega meina konn a jede heiratn, aba i sog amoi sovui – a Weiberts is schlächter ois wia a läufige Hundsmatz!«
Ja, er konnte sich sogar in eine wirkliche Wut hineinreden. Gotteslästerlich schimpfte er hin und wieder: »Dös soit sei – heiratn soi ma derfa, und bein erstn Fehltritt soit man a solcherts Weiberts oschlogn derfa und d' Sach, dös wo s' mitbrocht hot, hätt ma nacha wenigstens . . .«
Der Wirt von Antelsbach fragte ihn einmal so beiläufig: »Worum laafst iahna nacha doch a so noch, Sepp? . . .« Worum bist denn nacha auf a jedn Rock aus, wia der Teifi auf d' Seel . . .?«
»Rindviehch, achteckerts! Wenn ma üba wen schimpft, muaß ma's doch kenna lerna! . . . Mi gfreit's, wenn i oane ozündn ko . . . Und dazuaglernt hob i no oiwai wos!« gab ihm der Sattlersepp kichernd hinaus.
»Wart nu, du derwischt schon noch amoi oane, dö wo di ausschmierbt!« spottete der Wirt lachend. »Du kriagst gwiß no oane, dö wo schlaucha is ois wia du!«

»Mi? ... Mi draht koane o, dös mirkst dir! ... I schaug ma mei Wor scho gnau o, ehvor ois i's kaaf!« rief der Sepp und trank aus. Er packte seinen Werkzeugranzen und hing ihn um. Draußen wartete der Milchkutscher von Bebersbach und lud die vier Kübel vom Emsinger auf den Schlitten.
»Ja, pfüad Good jetz, mit den fahr i jetz ... I muaß zun Weinbichler auf Bromersdorf umi auf d' Stär ...«, sagte der Sepp an der Tür. Gleich darauf saß er neben dem Milchkutscher auf dem Schlittenbock und fuhr aus dem Dorf. Kurz vor Rappertsbach stieg der Sattlersepp ab und ging linker Hand auf der Landstraße weiter, bog dann in den tief verschneiten Feldweg ein und kam endlich nach gut zwei Stunden auf dem einsamen Weiler vom Weinbichler an.
Spät am Nachmittag war es. Der junge Wittiber Weinbichler, seine alte Mutter, die zwei Kinder Gretl und Xaverl und die schneidige Dirn hockten am großen eschernen Tisch um eine Schüssel voll Knödel in Essig und Öl und machten Brotzeit. Langsam gabelten sie die triefenden Brocken heraus.
»Konnst glei mittoa«, sagte der Weinbichler zum Sattlersepp und machte Platz auf dem Kanapee. Die alte Bäuerin zog die Tischschublade auf und gab dem Neuangekommenen eine Gabel. Der setzte sich und griff fest zu. Die kleine Gretl mußte vom Keller herauf eine Flasche Bier holen. Man unterhielt sich über dies und das, und der Sattlersepp schaute hie und da scharf auf die Dirn.
»Do host aba wos Saubers do, Weinbichla«, sagte er in bezug auf das feste Weibsbild und lachte freundlich.
»Ja ... aba da bleibt dir der Schnobi sauba, Bazi«, spottete der Bauer und verkniff seine Mundwinkel.
Die Dirn schlug die Augen nieder und wurde schnell ein wenig rot, dann verzog auch sie das Gesicht leicht.

»Ja ... Worum?« tat der Sattler erstaunt und trocken lustig: »Host du vielleicht gmoant, ich kimm wega dem?« Statt ihres Sohnes sagt die alte Bäuerin: »Ja, ja, du bist der scho a so a Plaana!«
»Nana, Weinbichlerin, nana, i bin jetz brav wordn ... Ganz gwiß!« spaßte der Sattlersepp, was hinwiederum die alte Bäuerin zu einem zweiflerischen, gutgemeinten: »Ja, du scho!« veranlaßte.
Die Kinder lachten, die Dirn sagte nichts. Man gabelte weiter und stand schließlich auf. Dem Sattlersepp gefiel die Dirn so ausnehmend gut, daß er sich grad zusammennehmen mußte, um sich mit seinem andauernden Anschauen nicht zu verraten.
Er ging in den Stall hinüber, der Weinbichler gab ihm die Roßgeschirre und holte die zwei Schragen von der Treppe herab. Kurz bevor er zu arbeiten anfing, fragte der Sattler den Bauern komischerweise noch einmal: »Bist zfriedn mit deina neu'n Dirn? ... Wia is s' denn?«
»Dö? ... Dös werd dö best' sei, dö wo i bis jetzt ghabt hob ... Stad is s', ihra Arbat tuat s' wia si sie ghärt und betn tuat s' aa gern«, gab ihm der Befragte Auskunft.
»So ... Soso! ... Jaja, dös find' ma seltn«, murmelte der Sattler fast für sich und fing mit dem ersten Roßkummet an.
Ja, dachte er und übersah seine Arbeit, drei bis vier Tag' werd' ich schon bleiben müssen beim Weinbichler und bis dahin – wart nur, du »tüchtige« Dirn. Er schuftete fest drauflos. Noch als die Dirn die Stallarbeit verrichtete, stand er an seinem Schragen und nähte und schlug das harte Leder förmig. Zuerst tat er, wie wenn er das Weibsbild nicht sähe. Er erkundete erst einmal, ob niemand in der Nähe sei. Als er mit seinen Feststellungen zufrieden war, fing er langsam und in seiner gewiegten Kennerart zu spenzeln an. Er lobte die Dirn, er sagte ihr

allerhand Schmeicheleien in bezug auf ihr schönes Gewachsensein, er vergaß auch nicht, ihre religiöse Ader zu erforschen und redete vom Herrgott und von der schönen Christbaumfeier des Jungfrauenvereins in Antelsbach, vom kreuzgemütlichen Benefiziat Walpersdorfer und vom guten Herrn Pfarrer Mair, von der Mission, die im Frühjahr kommen sollte und zeigte sich von der frommsten Seite.
Aber – sonderbar – die Weinbichlerdirn war arg einsilbig. Das Lachen schien ihr überhaupt nie einzufallen. Sie setzte bei den bestgemeinten Worten des Sattlersepp das Arbeiten nicht aus. Bloß »Jaja« oder »Mhm, i woaß 's scho«, sagte sie ab und zu, und selbst als der Sepp recht süßmäulig herausbrachte, so ein fleißiges, sauberes Weiberl, wie sie wäre, da möchte er schon noch ans Heiraten denken, selbst das machte auf die Dirn keinen Eindruck.
Der Sepp steckte um und fing anders an.
»In di, moan i, Gretl – in di hobn si schon verschiedene Burschen vergafft ... Wia is's denn nacha? Wen host d' denn ois Loder?« fragte er kecker.
»I brauch koan«, brummte das Weibsbild hinter den Kühen.
»No – jetzt dös is doch aa nix! ... Bein Hirn konnst ös doch aa it außischwitzn!« meinte der Sepp.
»Aba bei der Arbat«, fertigte ihn die Angesprochene ab.
Der Sattlersepp bekam schon langsam eine kleine Wut.
»Wos tatst jetzt nacha zu mir sogn, Gretl? ... I tat di glei heiratn?« erkundigte er sich direkter.
»Di? ... Oana, der wo oiwai auf der Roas is, den gfoin zvui!« sagte sie.
»Aba mir net, Gretl«, rief der Sepp und pürschte sich unauffällig an die Kühe heran. Die Gretl erschrak gar nicht. Jetzt lachte sie sogar, aber schon so herabmindernd, daß dem Sepp der Kamm noch mehr stieg.

»Ha! . . . Di kennt ma scho! . . . Du bischt a ganzer Stier!« warf sie hin.
»Mi? . . . Mi kennt koa Mensch it! . . . I waar froh, wenn i amoi a Gscheite kriagert, Gretl . . . Ooiwa a so alloa – do kriagt ma aa amoi gnua«, sagte der Sepp direkt süßmäulig. Und dabei schaute er die Gretl an, so traurigschlau und so einnehmend ernsthaft, daß es wirken mußte.
»Ja mei!« sagte die. »Do konnst scho rächt hobn! Bei dir machert oane ja grod koa schlächte Partie.«
Das gab dem Wittiber Hoffnung. Wieder fing er an vom Heiraten, wenn bloß unter den Weibsbildern nicht so schlechte Fetzen wären und wieder lobte er die Weinbichlerdirn als eine Ausnahme. Sogar das Seufzen kam ihm mitunter aus. Recht brav tat er. Insgeheim aber dachte er sich: Wart nur, dich krieg' ich schon. Mich führst du nicht hinters Licht. Ich wett' meinen Kopf, daß ich dich anzünd', ehvor ich geh'. Und nachher kannst du mich grad mit Fleiß gern haben.
Für heute ließ er seine Annäherungen. Am andern Tag setzte er sie fort. In der Frühe beim Stallarbeiten, nachmittags beim Füttern und abends. Verschlissen, beharrlich und mit aller Sachkunde. Er merkte zwar, daß die Gretl so unfreundlich nicht wahr, aber weiter kam er nicht. Und gerade das trieb ihn zu immer neuen Einfällen. Er probierte es so, alsdann wieder so. Die Gretl aber – weiß Gott – mußte entweder ganz saukalt oder ganz hinterlistig sein. Er brachte es nicht einmal bis zu einem Busserl bei ihr.
»Gretl«, fing er am dritten Tag in der Frühe wieder an: »Gretl! I hob's gsehng – du waarst dö Rächt' für mi! . . . Di tat i glatt heiratn . . . Schaug mi o! Denk noch! . . . I mach di koan Schmus vor! . . . Wia denkertst jetz du drüba?« Er hatte endlich ihren Arm erwischt. Er verschluckte sie schier mit seinen Augen.

»Ja mei! ... I hob no lang Zeit«, sagte die Dirn ziemlich gleichgültig.
»Zeit? ... Jaja, dös scho, aba i moan's ernst ... Mir brauchertn ja it glei drogeh ... Bei dir liaß d' i mi scho z'erscht ausprobiern«, sagte der Sepp.
»Ausprobiern? ... I? — Di?« »I—a— und heiratn tat i di gwiß! Ganz gwiß«, bekräftigte der Sattler.
Die Gretl warf ihm einen unschuldigen, aber absolut nicht erforschbaren Blick zu und meinte in einer Tonart, bei der man auch nicht wußte, wie man daran war: »Jaja, ös konn ja wohr sei ... Aba d' Wittiber san gfährli!«
»Gretl!« rief der Sattlersepp stürmischer und wollte sie heranziehen. »Gretl! ... Mir derfst glaabn ... Geh sog ja ... Gib mir a Bussei!«
»Nana! Nana!« machte sich die Dirn los und schlüpfte unter die gescheckerte Kuh. Der Sepp stand einen Augenblick ganz dumm da. Es brodelte Ärger und Wut und schier schon so was wie eine geheime Rachlust in ihm. Er ging zu der Kuh hin und bückte sich zur Dirn hinunter. Die zuckte und muckte nicht.
»Wos tatst nacha do dazua sogn, wenn ich heunt nocht a dei Tür kemmert?« fragte der Sattlersepp gedämpft und verliebt.
»Do? ... It aufmacha tat i! ... Dös gibt's bei mir it! ... I bin koa Handtuach, wo sie an jeda hinputzn konn«, wies ihn die Gretl ab. Streng sagte sie es, ganz und gar abweisend. Der Sattlersepp besann sich hastig. Probieren tu ich's ja doch, dachte er bei sich, aber wirklich, er bekam einen Respekt vor der Gretl. Fast wahr klang seine Antwort: »Sieghst ös, Gretl – du bist an Ausnahm. Vor dir hob i an Respekt!«
Die Gretl lachte halbwegs und meinte: »Tja – ja, verkohl mi no recht ... I brauch dei Lob it ... I woaß selba, wos i ztoa hob ...«

»Dös glaab i dir aa!« . . . Aba i hob di hoit gern, Gretl . . . Di wenn i kriagert ois Sattlerin, do tat i ünsern Herrgott danka«, schloß der Sepp scheinheilig, aber auch unsicher. Denn so was von einer schweren Zugänglichkeit war ihm noch nicht unter die Finger gekommen. Die Weinbichlerdirn war wirklich was Gescheites. Aber probieren tu ich's doch bei der Nacht, sagte er sich wiederum insgeheim.

*

Am dritten Tag war er noch nicht fertig, der Sepp. Der Weinbichler grantelte.
»Tja – a so wiast du deine Gchirra obagschundn host, do braucht's hoit aa mehra Arbat«, belehrte ihn der Sattler.
»Mit der Dirn werst hoit oiwai gschpeanzelt hobn! Drum bist it firti worn«, meinte der Bauer. Er kannte ihn doch.
»Nana! Bei dera – do host ganz recht – bei dera kimmt koano o!« sagte der Sepp. »Dös is an ordntlichs Leut . . .«
»Gell! Do is dir dei Schnobi sauba bliebn, gell«, lachte der Weinbichler leicht auf und spottete weiter. »Gell, weilst oiwai moanst, du brauchst bloß oane oschaugn und sie is scho vergafft in di!«
»Dös sog i gor it!« verteidigte sich der Sattlersepp. »Mir liegt übahaaps nix an dö Bluatsweiba! . . . I bin froh, wenn i koane siehch!«
»Geh! Jetz! – Jetz werd's nett! . . . Auf amoi gfoin dir d' Röck nimma! . . . Holla! . . . Wos is denn jetz do passiert!?« spöttelte der Bauer noch mehr.
»Gor nix! . . . Is oane wia dö ander«, ärgerte sich der Sattler. »I kenn s', dö Menscher . . . I woaß's gnau, wos s' oisamm für Schliech hobn!«
»Ja no nacha – nacha is's ja a so recht!« meinte der Weinbichler lächelnd und ging aus dem Stall. Im Sattler-

sepp kochte es vor Wut. Die Gretl nicht kriegen und sich verspotten lassen auch noch, grämte er sich. Und wie schelch der Weinbichler ihn ausgelacht hatte – grad als wie wenn er wüßte – aber wart nur!
Der Tag verging. Der Sepp hatte mit der Gretl hin und her geredet und war trotz aller seiner Finten und Listen nicht zu einem Busserl gekommen. Kein Wunder – er, um den sich die Weibsleute im ganzen Gau rissen, zweifelte an seiner Hellsichtigkeit ein wenig. Aber immer und immer wieder riß er sich zusammen und allem Anschein nach mußten in ihm tollkühne Dinge vor sich gehen.
»Biagn oder brecha!« fluchte er einmal allein und biß seine Zähne aufeinander.
Es wurde Nacht. Draußen trieb der Wind den Schnee und pfiff höllisch um das einschichtige Weinbichlerhaus. Einmal hörte man die Turmuhr von Bromersdorf ganz laut, aber schon beim zweiten Windstoß nicht mehr. Die Fensterläden krachten, die Dachschindeln flogen, das ganze Haus wackelte schier.
Der Sattlersepp lag unruhig in der guten Kammer und konnte nicht schlafen. Einmal horchte er auf. Es war ihm, als wie wenn drüben in der Eh'kammer, wo der Bauer allein lag, die Tür gegangen sei. Das mußte aber dieser widerwärtige Wind gewesen sein. Er schmiß sich wieder unter der Flaumdecke herum.
»Sollt der Teifi ois hoin – morgn geh' i! Und a Rechnung mach' i iahm scho, dem Saubaurn, daß er si dreimoi kratzt!« knurrte er in seinen schwarzen Schnurrbart. Und weil gerade wieder so ein Haufen Wind über das Haus herfiel und furchtbar an Wände und Fenster drückte, fluchte er noch ärger: »Sauwind, verreckter! Wenn no glei dö ganz Welt untergang! Waar gor koa Schod . . .!«
Hinum und herum warf er sich, schlafen konnte er ab-

solut nicht. Saukalt war ihm auch noch unter der dicken Decke. Das ganze Einwickeln half nichts.
Auf einmal horchte er wiederum und hielt das Schnaufen an. Schnell sprang er aus dem kalten Bett, tappte nach seiner Hose und schlüpfte eilsam hinein. Wieder horchte er. Er schlotterte vor Frost, zog seine dicken Socken an und schlich ganz vorsichtig aus der Kammer. Er blieb im Gang stehen und luste abermals. Stockdunkel war's, alles schlief, bloß der Wind draußen machte den ewigen Krach. Er kam zur Stiege, die zum Juchhee hinaufführte, tastete sich am Geländer entlang und kam ohne Fährnisse zur Dirnkammertür.
Seltsam – er, der kühne Liebesheld – schluckte ganz benommen und getraute sich nicht gleich zu klopfen. Schier Angst hatte er. Da heroben rumorte der Wind noch ärger, er pfiff durch das Dach und strich mit einer schneidenden Kälte über den Boden.
»Gretl!« rief der Sattlersepp endlich und klopfte leicht an die Tür. »Gretl, mach auf, i bin's, der Sepp!«
Er hörte wieder nichts als das Surren des miserablen Windes.
»Gretl!« klopfte er fester an die Tür und versuchte die Klinke. »Gretl!«
Drinnen knarzte das Bett, die Tür war zugeriegelt.
»Gretl! Ich bin's, der Sepp!« schrie der Sattler schon fast laut und legte sein Ohr an die Tür.
Drinnen rührte sich was und das Bett wackelte wiederum.
»Ich konn nimma anderst, Gretl! ... I heirat't di ganz gwiß!« bat der Sattlersepp fast winselnd. Er hörte, daß die Dirn drinnen schwer schnaubte.
»Wos is' denn? ... *Wer is's?*« fragte die Gretl von drinnen heraus unschuldig und wahrscheinlich auch geschreckt.
»I – der Sepp! Mach auf, Gretl! I *muaß* zu dir!« gab

der Wittiber heraußen Antwort und schlotterte vor Kälte und Aufregung.
Er hörte, wie die Dirn aus dem Bett stieg und zur Tür ging. Alles Blut schoß ihm in den Kopf. »Gretl!« kam's schnell aus ihm. Also doch, dachte er. Und schon zuckte das Mißtrauen wieder durch sein Hirn: Also doch ist sie wie die anderen!
»Gretl! Gretl!!« schrie er, weil der Wind wieder so einen Lärm machte. »Gretl!« fing er stürmischer an: »Mach auf, geh weita! I bin's, der Sepp!«
»Na, sog i! Na! Schaam di!« gab da auf einmal die Dirn drinnen an. »Geh weg vo meina Tür, sog i!« Und ihr Herumschlurfen drinnen war gerade so, als wenn sie sich furchtsam an die verschlossene Tür drücken wollte, damit der Werber draußen ja nicht hereinkomme.
»I bin koa Handtuach it! ... I mog it! Schaam di, Sepp! Geh in dei Bett!«
Jetzt war der Sattlersepp schon wie gefroren. Eine Zeitlang brachte er wirklich kein Wort heraus.
»Gretl! Gretl, geh Gretl!« wimmerte er wie ein nasser Hund. »I bitt' gor schö, Gretl! ... Du gehst mir nimmer aus'm Kopf, Gretl!«
Aber die Weinbichlerdirn war eiskalt. Sie machte nicht auf. Er bettelte und bettelte, aber sie machte ihm bloß noch ärgere Vorwürfe. Zuletzt drohte sie mit Schreien, und in Gottesnamen, da ging der Sepp wieder. Er tappte über die Stiege hinunter, er riß seine Hosen herunter und warf sich ins kalte Bett. Eine Zeitlang hatte er eine Höllenwut – nicht über die Gretl oder wenigstens bloß halbwegs über sie, mehr schon über sich selber, über sein Abblitzen. Je länger er aber lag, um so ärger drückte ihn inwendig was. Herrgott, so eine standhafte Person, so ein wirklich sauberes, unschuldiges Weibsbild!
Es gab eben doch Ausnahmen! und *er* auch noch, *er* mit seiner Weiberkennerschaft!?

Da – ging nicht wieder eine Tür?
Ah, der Wind, dieser Sauwind draußen! Er wickelte sich fester in die Decke. Er überschlug alles genau, er kam auf die bravsten Gedanken ...

*

»Himmi-herrgott!« wisperte droben im Juchhee der Weinbichler und luste neben der Gretl im Bett. »Kreuzteifi – dös hätt' dumm außigeh kinna!«
»Ja, gell! ... I hob mir's schier scho denkt, daß er kimmt heunt nocht!« meinte die Dirn ebenso. »Der is ja it vui hoaß auf mi!«
»Dös host gut gmacht, Gretl!« lobte sie der Bauer und gab ihr ein nasses Busserl. »Du bischt scho rächt ... Dir gunn i amoi an guatn Mo.«
»Ja – mit dir werd's, moan i, aa ewig nix!« warf ihm die Dirn vor.
»Ja – mei, schaug! I hob Kinda und was tatn denn do d'Leut sogn? ... Vor kaam an Johr is mei Oite gstorbn – dös geht ja doch it!« tröstete sie der Weinbichler und riß sie an seine haarige Brust. Sie kam nicht mehr zum Reden.
»Aba jetz werd's Zeit, daß d' gehst!« sagte nach langem Herumdrücken die Gretl. »Sunst kimmt der Sattla noamoi!«
»Herrgott, ja! ... Ja!« schwang sich der Bauer endlich aus dem Bett und man merkte, wie er im Dunkeln lächelte: »Bei dir herobn is's hoit gor so schö!«
Er zog sich die Hosen hinauf und tappte zur Tür. »Guate Nacht, Gretl ... Jetzt schlaaf no guat!« Sie sperrte die Tür auf und er schlupfte durch.

Vor der guten Kammer blieb der Bauer stehen, legte ganz still den Kopf an die Tür – ja, der Sattlersepp schnarchte . . .
Am anderen Tag, voreh er wegging, hockte sich der Sepp seltsam ernst mit dem Bauern in die Stube und redete mit ihm über die »standhafte« Gretl.
»Ja – oiso, i muaß's scho sogn, Weibichla . . . Dö hätt' i gern ois Sattlerin!« sagte er und der Bauer versprach ihm, der Dirn zuzureden.
Und in einem fort lobte er die Gretl. »Dös woaß i gwiß – fahrn tuast do it schlächt, Sepp! A Religion und an Charakta hot s' und an anders Mannsbuid oschaugn, dös glaab i, tuat dö gor nia net! Do kunntst, glaab i, Gift drauf nehma!«
»Jaja, a bravs Madl is! A ordntlichs Leut«, stimmte der Sattler unentwegt zu. Nachdenklich war er.
»Und, noja – Geld hot s' freili koans! Sie is bettlarm, aba auf dös geht s' aa it . . . dö is an guatn Mo wert!« lobte der Bauer weiter.
»Ja«, sagte der Sattlersepp aufstehend. »Paß auf, um dö schaug i mir! . . . I muaß hoit dö Gschicht brav und langsam opacka, aber sie is's ja wert!«
Wirklich, er war wie ein sternverliebter Freier.
Er ging. Er wartete und schrieb alsdann einen Brief an die Margarete Solleder, Dienstmagd beim Weinbichler in Bromersdorf.
»Das muß ich dir eingstechen, libste Kredl, weulst du müch niht hineinlassen hast bei der nachd, da hap ih erst eunen Resbeggd for dir«, hieß es da drinnen.
»Er hot scho obißn, Bauer«, wispelte die Gretl beim nächsten Zusammensein ihrem Dienstherrn ins Ohr: »Und i moan, i probier's mit eahm . . . Sei Sachl is wos schöns!«
»Ja no, nacha, i wünsch dir Glick und Segn!« lachte der Bauer.
Es vergingen kaum sechs Wochen, da war's bekannt –

der selbige lautmaulige, siebengescheite Sattlersepp ist brav worden und heiratet die Weinbichlerdirn. Der Herbst brachte die Hochzeit.
So wird eben eine Standhaftigkeit gegen sündhafte Anfechtungen belohnt.

DAS SAUOHR

(Einer alten bayrischen Schnurre nacherzählt)

Der Ederinger-Simmerl, zweitgrößter Bauernsohn in Rieming, hatte der Wanninger-Marie das Heiraten ganz fest versprochen. Die Marie wußte dies vollauf zu würdigen, denn sie war eine notige Häuslerstochter, und der Simmerl bekam einmal den väterlichen Hof.
Eins aber machte der Bursch zur Bedingung.
»I konn koa Katz an Sock kaafa, Marie ... Du muaßt ös scho zualossn, daß i di z'erscht ausprobier«, sagte er sofort nach seinem Versprechen. Die Marie zitterte, wurde rot und wußte nicht aus und ein.
»Ja, mei, Simmerl, dös is doch a Sünd' ... Und i mächt hoit doch ois Jungfrau heirat'n«, suchte sie sich hinauszureden, aber der Bursch gab nicht nach. Steif und fest bestand er auf seiner Forderung. Die Marie erbat sich wenigstens etliche Tage Bedenkzeit, und darauf ging der Simmerl schließlich ein.
Die Marie kam heim und redete mit ihrer Mutter. Sie jammerte und flennte zuletzt. »Und wenn er mi nacha g'habt hot, nacha loßt er mi am End' sitzn«, meinte sie. Und weil sie wirklich noch eine Jungfrau war, hatte sie halt auch massige Angst vor dem, was der Simmerl von ihr verlangte. Sie war wirklich arg auseinander. Ihre Mutter redete ihr zu wie einem kreuzlahmen Roß, aber es half bloß sehr wenig. Schließlich hockten die zwei Weibsleute beieinander und waren wirklich ratlos.
»Hm«, machte die Wanningerin ein ums andere Mal: »Hm, er is doch a sovui guate Partie – und in Gottsnam, wos is denn scho dahinta, Marie! ... Wennst amoi verheirat't bist, g'schiehcht dös doch öfta! ... Do machst dir nacha gor nix mehr draus!«

»Ja, aba i hob hoit a sovui Angst, Mami«, weinte das Mädchen.
»Hm–hm–hm!« machte die Wanningerin wiederum und dachte ernstlich über einen einigermaßen gangbaren Weg nach.
»Jetzt woaßt wos, Marie«, fing sie wiederum nach einer Weile an und gleich fragte die Tochter: »Wos denn, Mami?«
»Mir hobn doch heunt a Sau g'schlacht't«, antwortete die Häuslerin.
»Ja – und . . .?«
»Und do nimmst a Ohrwaschl und tuast ös vor dei Unkeischheit«, belehrte sie die besorgte Mutter: »Muaßt di' hoit it so dumm gstelln.«
Die Marie überlegte gründlich, die Mutter brachte das Ohrwaschl von der geschlachteten Sau.
»Do . . . Do schaug! Dös wennst gscheit machst, da kennt er gor nix«, ermunterte sie ihre Tochter, und nach eingehenden Erklärungen war sich die letztere schlüssig.
Am anderen Tag sagte die Marie zum Simmerl schlankweg »Ja«, als er wiederum mit seiner Forderung kam, und setzte auch gleich hinzu: »Konnst scho kemma heunt auf d' Nocht, Simmerl.«
Der Bursch war baff und erfreut gleicherzeit, gab ihr ein Busserl und versprach ihr das Heiratn noch fester.
»Oiso, na bleibt's dabei«, sagte er beim Auseinandergehen.
»Ja, kimm nu«, antwortete die Marie tollkühn.
Ganz aufgeregt ging der Simmerl heim. Es wurde Nacht. Er nahm die lange Leiter aus der Wagenremise und stieg zur Marie hinauf. Alles verlief glatt: Das Fenster war offen, der Bursch kraxelte hinein und kurz darauf lag er bei der Marie im Bett, die Häuslerstochter sträubte sich gar nicht, und er konnte das, was er gefordert hatte, in aller Gemütlichkeit einbringen. Mitten drinnen aber hörten die

zwei unterhalb, aus der Wanningerschen Ehekammer, einen höllenmäßigen Krach. Der Häusler kam polternd und fluchend über die Stiege herauf – eins, zwei, drei, sprang der Simmerl aus der Marie ihrem Bett, schloff aus dem Fenster, sauste über die Leiter hinab und hörte schon, wie der Wanninger droben auf seine Tochter einschimpfte. Er hob den Kopf. Droben war Licht. Er lief hinter den Prügelhaufen und sah, wie der Häusler seinen Kopf aus dem Fenster steckte und herabbrüllte, die Leiter krachend umstieß, daß sie in weitem Bogen ins Vorgärtl sauste, wieder zurück in die Kammer ging, wieder fluchte und alsdann die Tür zuschlug. Der Simmerl rannte etliche Sätze weit und merkte auf einmal, daß an seinem offenen Hosentürl etwas nicht ganz in Ordnung war, griff hin – und warf das Sauohr in großem Schwung in die Wanningersche Holzlege.
Es war wieder still. Der Simmerl blieb stehen und rief halblaut: »Marie?«
»Ja–ja, ja, Simmerl«, gab die Häuslerstochter droben an: »Wos is's denn?« Schon war sie am Fenster.
»Wennst dei Unkeischheit suachst – dö liegt in enkener Holzlegen drinna!« gab der Simmerl ziemlich laut und grob an, wünschte seiner Zukünftigen »Gute Nacht« und sauste im Dunkeln fort.
Aus der Heirat ist nichts geworden, selbstredend.

DER ÜBERFALL

An einem Werktag war's so um vier Uhr nachmittags, im Herbst vorigen Jahres in der schon leicht angedunkelten Wirtsstube beim Bätz in Weilach. Kein Mensch hockte am Ofentisch als der Jani-Ambros. Er zog an seiner Weichselpfeife und rührte und muckste sich nicht. In den Tisch hineingepflanzt lag er da, den Maßkrug vor sich. Endlich kam die Rosl wieder herein mit einem Armvoll Prügel und legte im Ofen nach. Der Ambros drehte sich herum und schaute auf das Weibsbild da am Boden.

»Koit werd's«, brummte er.

»Ja, schiach is's draußn«, gab die Rosl an, schloß das Ofentürl und ging hinter den Schänktisch. Der Ambros brachte sich wieder in seine alte Stellung zurück und linste ewig nach ihr. Die Rosl fing das Krüglwaschen an, hurtig ging's ihr von der Hand.

»Rosl«, brummte der Ambros wiederum: »Rosl?«

»Wos mächt'st denn?«

»Nixn«, der Ambros.

»No, wos frogst denn nacha?«

Eine Pause. Dunkler wurde es. Von der Straße her drangen etliche Stimmen.

»Rosl, mogst mi gor it?« brachte der Bursch endlich wiederum heraus.

»Mei Ruah loß ma, narrischer Gockl! . . . I hob dir nu nia nix wuin!« warf die Rosl ungut hin.

»I tua ma no wos o wega deina, wennst mi it mogst, Rosl!« fing der Ambros wehleidiger an.

»Tua da wos o wega meina! . . . I wui dir nix!« wies ihn die Rosl neuerlich ab.

»Aba ehvor i dös tua, muaßt du dro glaabn«, der Ambros dumpf.

»I?« hielt die Rosl inne und schaute nach ihm: »I? ... Konn i vielleicht wos dafür, daß du mi mächt'st ... I hob dir no nia a Hoffnung gmacht.«
»I mog di ja sovui gern, Rosl ... Geh, geh her zu mir!« winselte der Ambros und glotzte.
»I mog it, sog i! ... Mei Ruah loß ma, Lackl!« schimpfte die Rosl. »Mittn an Wer'tog kimmt er daher und mächt wos! Schaam di!«
»Zoin«, knurrte der Ambros noch dumpfer.
»Zwoa Maß san's ... Leg's nu hi!«
»I hob bloß an Thala«, sagte der Bursch und ließ die Kellnerin nicht aus den Augen. Die putzte sich die nassen Hände ab und kam endlich an den Tisch. Als sie auf Reichweite stand, langte der Ambros nach ihr, packte sie fest am Rock und riß sie heran: »Rosl! Rosl, i sog dir's an guatn. Mach mi net unglückli! ... Rosl!«
»Auh! Aus loß, sog i ... Loß aus, Lackl!« plärrte die Rosl und gab ihm einen Stoß.
»R-o-osl!« wimmerte der Ambros und ließ nicht aus.
Da gab es einen Riß und mit aller Gewalt schlug die Rosl dem Burschen eine übers Gesicht. Mit einem Ruck war sie weg, riß die Küchentür auf und fertig.
Der Ambros fuhr sich zweimal über das Gesicht und stand langsam auf.
»Mei muaßt doch no amoi ghärn!« schrie er ihr nach und stampfte verdrossen davon.

Eine Woche verlief, vierzehn Tage gingen herum, am dritten Sonntag hockte der Jani-Ambros wieder in der Bätzwirtsstube. Diesmal allerdings war sie gepfropft voll und laut ging's her. Breit, finster und stockstumm glotzte der Bursch in einem fort auf die flink hantierende Rosl.
»Hot dir oana ins Mai gschissn!« spottete auf einmal der Feicht-Anderl und gab dem Ambros einen leichten Renner.

»Na, aber dir, weilst an solchern Bovi daherredst«, gab ihm dieser böswillig zurück.
»Hoho!«
Der Anderl hob seinen Kopf wie ein Bigockl. Auch der Wenwieser-Feschl, der Himmelberger-Christl und der Schlemmer-Hans von Rain. Nichts, gar nichts sagte der Ambros. Er hockte sich bloß noch breiter hin.
»'s Mai brauchst ma it ohänga, Krippi, windiga!« plärrte auf das hin der Anderl.
»I . . .?«
»Ja, du! I hob dir no nia koan Sautreiba ogebn!«
Der Ambros drehte sich herum, so linkisch, daß er dabei dem rechts von ihm sitzenden Wenwieser-Feschl das Bierkrügl umstieß.
»Hoppla!« knurrte er, aber jetzt ging's schon an. Schon wischte ihm der Feschl eine und schon schrien die anderen Burschen. Patsch-bum-ratsch-krachbum! hörte man nur noch. Im Nu krachte die elektrische Lampe herunter, die zweite und die dritte, ein hitziges Durcheinanderschreien und Schlagen hub an. Keiner wußte mehr, wen er schlug, alles ging drunter und drüber, die Tür schlug auf und zu, die Küchenfenster klirrten scheppernd, die Tische flogen pumpernd um und das Bier peitschte auf den Boden.
»Krippi, hundsheiderner! Hund, nackerter!« plärrte der Anderl und schlug einen Sesselfuß auf seinen darunterliegenden Gegner: »Hi muaßt sei, Sauhammi, nixiga!« Aber es war der Feschl.
»Auh–auweh! Au–u–hu! Helfts ma, helfts ma! Hu–nd!« schrillte der Rosl ihre Stimme heulend durch das Gemeng. Niemand hörte drauf.
»Da Ambros hot mi, helfts, helfts!« plärrte sie noch ärger, und jetzt wälzte sich ein Knäuel über den Ambros, der sie unten hatte.
»Au–auh! Um Gotteswilln, i bin's, i! D'Rosl! I!« schrie es fürchterlich, aber wenn's einmal soweit ist, hilft alles

nicht mehr. Der Ambros steifte seinen breiten, harten Buckel und gab nicht nach. Er ließ auf sich niedersausen, was da kam. Wie aus Eisen krümmte er sich über sein Opfer. Er graunzte und brummte, er knirschte und riß an der fauchenden, schreienden Rosl. Den Kopf hatte er tief ins Genick gezogen und war nicht wegzubringen.
»I – i hob dir's gsogt, i hob dir's gsogt!« stieß er ab und zu halblaut aus sich heraus und jetzt – wo er schon bei der höchsten Unkeuschheit angelangt war – wölbte sich die Rosl mit aller Kraft noch einmal auf, verzweifelt schier, wirklich mit übermenschlicher Gewalt und – wälzte sich herum.
»Grod net! Grod net, Siach, schlechta!« schrie sie und lag nunmehr auf dem Bauch.
»S–S–Saumensch!« zischte der durch seine zusammengebissenen Zähne, aber was half's – zu dem, was er wollte, kam er doch nicht mehr. Kurz darauf riß ihn der lawinenartige Menschenknäuel weg und über die flach daliegende, um und um zerrissene Rosl rumpelten die wilden Raufer auf die offene Türe zu.
Auf sprang die mutige Kellnerin, ihren zerfetzten, hochgeschlagenen Rock strich sie herab und jagte in die Küche. Gut war's gegangen – außer etlichen Puffern und Tritten war ihr nichts weiter geschehen.
»Nausganga is's iahm doch it, den Sauschwanz, den bärigen«, stieß sie schnaufend der Wirtin ins Gesicht. »Wenn i mi net umzdrahn kemma waar, hätt' i heunt an Bambsn vo iahm in'n Bauch!« »Wos denn?« fragte die Bätzin und daraufhin klärte die Rosl sie auf.
»Bloß wega dem hot er an solchen Saustoi gmacht ... Grad deswegn hot er's Raafa ogfangt!« schloß sie in bezug auf den Ambros.
»A–a–a! Host jetz scho amoi an solchern Sauteifi gsehng! ... Der scheucht a glei gor nix!« schlug die Wirtin ihre Hände über den Bauch zusammen.

Damaligerzeit hat es in vielen Köpfen verschiedene Löcher gegeben. Am meisten zugerichtet ist aber der Jani-Ambros worden. Er mußte volle sechs Wochen im Bett bleiben und heute noch sieht man in seinem Gesicht und auf dem Kopf die beredten Spuren jenes tollkühnen Überfalls auf die Rosl. Der Bätz läßt ihn seit dieser Zeit nicht mehr in seine Wirtschaft.
Das hat er jetzt davon.

LIEBSTE TERES!

Jesd mus ich Dir schreupen weil ich in der gresden Verlengheud bin und wost Du der einsige Mänsch pißd, dem wo ich mein herz auschiten kan weilst du auch eine Arme haud pißd wo weus was vür ellenige schlächde Kärl eun manßpüld isd. ich mus kleuch weunnen wens ich Dir mideile waßfir Ein schlächder Patsi der wigl isd un tas ich jäsd in der hofnung pin un weus garr nüchd wer der vadern is, weull mich der wigl so auskschmürbd had in ogdoberväst in Minken, der gans schlähhde sauhami. Er hatt iberhaups keunen Garakter nüchd un jäsd pin ich in der hofnung aper nüchd fon im un sagd er, tas get in nichz an un vadern is er garrni nüchd.
Teille Dir mid libsde teres weulst Du weust, Das der wigl mit mir hineungefaren is auf das Ogtoperfäsd mit dem Radl un ich Auch, pfinff stunt sünt Mir gfarn un hapen das Schenzde Weder gehapd, aber jäsd pin ich Außkschmürpd un er machd den vadern nüchd, sagd er der sauhami. Auff der ogdoberfestwiesse had er kleuch rächd aufftraad un mid seunnen Gäld umanantgsmüsen und sagd Er zu mir, heite ferpuzn mier ales Zensl.
Lüpsde Teres awer jäsd pin Ich in der hofnung un er had sich druggt und sagd er, der vadern isd in Minken awer er isd es nücht sagd er. es isd seer schän gewessen auf der ogdoberwissn un er hat mi eun Härs kaafd un Meed had er Spändird und Prattwirschd un er had albod auff die Mänscher gspecht. Eunen Snaps had er auch schprüngen lasen, sagd er, Zensl, sagd er, heite verpuzn mier ales. Wo mier nach ins tü Vüschervroni hineunsint, had er nix wie Pirr kemmen loßn un vür mich auch. Vüdell isd er keworten under die vüllen Leitte un Nimd müch um un truggd müch. Gemeund hap ih er terpazd mi un sag ich, schemmen ob er süch Nüchd Tud wegen' die Leide awer

eunen Dräg sagd er und had mih apgepuslt for alen. Jäsd wül Er nix mer wüssn, der saupär, awer ich hape garkeinen rausch niht Gehapd un weuß äs Gans gnau. Ausgschamt isd er Worten un hat mih ungeisch ankriffen und sag ich, los pleupn Wigl ih Schinür mih. Hänkd er mih daß marschläggn an und sagd er ob ichs gakein Göld happe. Er had zallt genuk un ih gip im 5 march, wo mih heide Noch reud, lipsde teres, weuls er auftashin Gesaggd had, er Mus in den apdridd? Er isd awer nüchd merr gegommen un jäsd saggd er er is gein vadern nüchd bei mier, der Dräggbär. libsde teres wie Der wigl vord isd un is wegplippen, ruggd eun Statterer her zu mih un fanggd das spensln an. Zalt hat er auch und saggd obs ih nüchd mid im Garuselfarn mechd mier kommen wüder zrugg, saggd er. wo der wigl isd fragn ih awer, sagd er, der kimd schon un er prüngd mih schon zrugg zu im. Mi farn ploß eumal, saggd er un lachd rächd dräggig. libsde teres, er isd geun Zwüdernes Manspüld gewäsd und had nüchd mer außlasn piß ih midgangen pün.
Libsde teres jesd mus ich dir awer schreim, das jäds Manspild eun Saupär isd weul mih der statterer garnücht garusselfarn had lasn. Sondern äs isd schon Tunggel gewäsd un wih mier peu der Vüschervroni trausdgewen sünd, had er mih hinner tas gepüsch kesogen un sagd er wen ih schreu, lasd er mi Sten. Er had mih den Rogg auffkoben und had mi väsd baggd un jäsd, saggd er komd tas schenzde ih mus awer meune papn haldn. Er fart garusell nacher mit mih, sagd er ter saugerl un jäsd pün ih in der hofnung weul der wigl den vadern nimer machen mechd. Libsde Räsi ich mus Dür meun hers auschidden und weune jedn Dag weilsd du mih ferstest un auch eune Arme haud bisd? Libsde teres die mangspüldern sün alle Schlächde Gerln un der wigl isd nimmer zun vorschein komen un ter statterer hat sih auch tafongemaggd wü mier zun garusell kegangen sind. Jäsd pün

ich ausschmürbt un in der gresden Ferlengheud. Es get in garnihts an, sagd er, der wigl un eune Drägsau pün ich. Es isd pei üns aus un ter vadern isd in Minken ih wer in Schon wüssn, är isd nüchd aufs Hürn gefaln un üwerhaaps weus er garnihts, der Laggl, auch di pfinff march nüchd. Libsde teres, mechde dier mideillen das ich Wegndem ser Trauring pün un garnimer weus waß ih Anpfang weul die mangspülder Solgge hammin sünd und gargein Garagter happen. Sagg awer nihts, liebsde Resl un üper den Wigl gomt Schonn auch noch eun Unkligg, weul er so schlächd isd und geinen vadern bei mir machd, der Drägbärr.
Libsde Teres, jäsd Schlüse ich un sage kein was indem ich weuß, daßd tu auch eine arme haud pißd.

Peßde grise Deune
Zenzl

Übersetzung:

Liebste Theres,
Jetzt muß ich Dir schreiben, weil ich in der größten Verlegenheit bin, und wo Du der einzige Mensch bist, dem wo ich mein Herz ausschütten kann, weil Du auch eine arme Haut bist, wo weiß, was für elendige, schlechte Kerl ein Mannsbild ist. Ich muß gleich weinen, wenn ich Dir mitteile, was für ein schlechter Bazi der Wiggl ist, und daß ich jetzt in der Hoffnung bin und weiß gar nicht, wer der Vater ist, weil mich der Wiggl ausgeschmiert hat im Oktoberfest in München, der ganz schlechte Sauhammel. Er hat überhaupt keinen Charakter nicht, und jetzt bin ich in der Hoffnung, aber nicht von ihm, und, sagt er, das geht ihn nichts an, und Vater ist er gar nie nicht.

Teile Dir mit, liebste Theres, weil Du weißt, daß der Wiggl mit mir hineingefahren ist auf das Oktoberfest mit dem Rad und ich auch. Fünf Stunden sind wir gefahren und haben das schönste Wetter gehabt, aber jetzt bin ich ausgeschmiert, und er macht den Vater nicht, sagt er, der Sauhammel. Auf der Oktoberfestwiese hat er gleich recht aufgedreht und mit seinem Geld umeinandergeschmissen, und sagt er zu mir, heute verputzen wir alles, Zenzl.
Liebste Theres, aber jetzt bin ich in der Hoffnung und er hat sich gedrückt, und, sagt er, der Vater ist in München, aber er ist es nicht, sagt er. Es ist sehr schön gewesen auf der Oktoberwiese, und er hat mir ein Herz gekauft, und Meth hat er auch spendiert, und Bratwürste und er hat alle Augenblicke auf die Weiberleute geschaut. Einen Schnaps hat er auch springen lassen, sagt er, Zenzl, sagt er, heute verputzen wir alles. Als wir nachher in die Fischer-Vroni (bekannte Bierbude) hinein sind, hat er nichts wie Bier kommen lassen und für mich auch. Fidel ist er geworden unter den vielen Leuten und nimmt mich um und drückt mich. Gemeint habe ich, er zerdrückt mich, und, sag ich, schämen ob er sich nicht tut wegen der Leute, aber, einen Dreck, sagt er, und hat mich abgeküßt vor allen. Jetzt will er nichts mehr wissen, der Saubär, aber ich habe gar keinen Rausch nicht gehabt und weiß es ganz genau. Ausgeschämt ist er worden und hat mich unkeusch angegriffen, und, sag ich, laß es bleiben, Wiggl, ich geniere mich! Hängt er mir das »Am Arsch lecken« an und, sagt er, ob ich gar kein Geld habe, er hat bezahlt genug. Und ich gebe ihm 5 Mark, was mich heute noch reut, liebste Theres, weil er auf das hin gesagt hat, er muß auf den Abtritt. Er ist aber nicht mehr gekommen, und jetzt, sagt er, er ist kein Vater nicht bei mir, der Dreckbär.
Liebste Theres, wie der Wiggl fort ist und ist weggeblieben, rückt ein Städter her zu mir und fängt das Schmu-

sen an. Bezahlt hat er auch und sagt, ob ich nicht mit ihm Karussellfahren möchte. Wir kommen wieder zurück, sagt er. Wo der Wiggl ist, frag ich ihn aber. Sagt er, der kommt schon, und er bringt mich schon zurück zu ihm. Wir fahren bloß einmal, sagt er, und lacht recht dreckig. Liebste Theres, er ist kein zuwideres Mannsbild gewesen und hat nicht ausgelassen, bis ich mitgegangen bin.
Liebste Theres, jetzt muß ich Dir aber schreiben, daß jedes Mannsbild ein Saubär ist, weil mich der Städter gar nicht Karussell fahren hat lassen. Sondern es ist dunkel gewesen und wie wir bei der Fischer-Vroni draußen gewesen sind, hat er mich hinter das Gebüsch gezogen und, sagt er, wenn ich schreie, laßt er mich stehen. Er hat mir den Rock aufgehoben und hat mich fest gepackt und jetzt, sagt er, kommt das Schönste, ich muß aber mein Maul halten. Er fährt nachher Karussell mit mir, sagt er, der Saukerl, und jetzt bin ich in der Hoffnung, weil der Wiggl den Vater nicht mehr machen möchte. Liebste Resi, ich muß Dir mein Herz ausschütten und weine jeden Tag, weil Du mich verstehst und auch eine arme Haut bist. Liebste Theres, die Mannsbilder sind alle schlechte Kerle, und der Wiggl ist nicht mehr zum Vorschein gekommen, und der Städter hat sich auch davongemacht, wie wir zum Karussell gegangen sind. Jetzt bin ich ausgeschmiert und in der größten Verlegenheit. Es geht ihn gar nichts an, sagt er, der Wiggl, und eine Drecksau bin ich. Es ist bei uns aus, und der Vater ist in München, ich werde ihn schon wissen. Er ist nicht auf das Hirn gefallen, und überhaupt weiß er gar nichts, der Lackl, auch die fünf Mark nicht.
Liebste Theres, möchte Dir mitteilen, daß ich wegen dem sehr traurig bin und gar nimmer weiß, was ich anfange, weil die Mannsbilder solche Hammel sind und gar keinen Charakter haben. Sage aber nichts, liebste Resl, und über den Wiggl kommt schon auch noch ein Unglück, weil er

so schlecht ist und keinen Vater bei mir macht, der Dreckbär.
Liebste Theres, jetzt schließe ich, und sage keinem was, indem ich weiß, daß Du auch eine arme Haut bist.

Beste Grüße Deine
Zenzl

GRÜSS GOTT – TRITT EIN...

Vorige Woche war in unserem Pfarrdorf Altkirchen, im Gasthaus zur Post, die Hochzeit vom Schlemmer-Wastl von Atzing und von der Rehbinder-Traudl von Boling. Über die Einzelheiten der Feierlichkeit brauche ich mich nicht weiter auszulassen. Wenn es auch nicht mehr ist wie in früheren Zeiten, halbwegs geht es doch noch immer brauchmäßig zu. Indessen, dies kennt ja sowieso jeder. Neues käme also dabei nicht heraus. *Daß* aber die zwei überhaupt endlich – nachdem sie fast acht Jahre miteinander gegangen sind – die Schneid aufbrachten und heirateten, das ist schon des Erzählens wert.

Der Schlemmer-Wastl als einziger Sohn vom Schlemmer ist überall als der schüchternste, bravste Jüngling bekannt. Deswegen hat ihn auch der Pfarrer zum zweiten Vorstand des »Katholischen Burschenvereins« gemacht. Er selber ist der erste.

Bei keinem Hochamt, bei keinem Jahrtag, bei keinem Umgang hat der Wastl je gefehlt. Er geht bloß ins Wirtshaus, wenn der Burschenverein zusammenkommt, er sauft, flucht und rauft nicht. Er weiß, was einem ordentlichen Burschen zusteht. Zwischen ihm und der Traudl hat es in den ganzen Jahren nie etwas Unrechtes gegeben. Wenn er beispielsweise sonntags einmal nach Boling hinüberradelte, der Wastl, so suchte er selbstredend die Rehbinders auf. Mit dem Bauern und mit der Bäuerin redete er, was man eben so redet. Ob jetzt der neue Heurechen gut aufnehme, ob die gescheckerte Kuh schon gekalbt habe und dergleichen sachliche Dinge mehr. Statt »Grüaß Good« und »Pfüad Good« sagte er stets »Gelobt sei Jesus Christus«. Ein kreuzbraves Mannsbild ist er, der Schlemmer-Wastl. Wo andere nichts denken, wird er rot, und wenn die Traudl einmal einen Gspaß machte, kannte er sich nicht aus, wußte nicht, sollte er lachen oder was sonst. In den ganzen langen acht Jahren hat er der Traudl vielleicht sieben oder acht Karten von seinen verschiedenen Radtouren geschickt, drauf stand jedesmal das gleiche. Nämlich:

»Liebe Traudl!

Vom schönen Tölz schicke ich Dir und Deinen lieben Eltern beste Grüße. Gelobt sei Jesus Christus. Viel Grüße!

Wastl.«

Was das Religiössein anbelangt, so stand die Traudl dem Wastl nicht nach. Auch sie war im »Katholischen Jungfrauenverein« und beichtete jede Woche.
Läßt sich denken, daß böse Mäuler hin und her redeten. Ein Spott ist gleich beieinander.
»Geh, der aa no!« sagte beispielsweise der Wopfner-Toni vom Wastl: »Der mit seiner betert'n Traudl! . . . Dö zwoa san recht! So wos mog i! . . . Dö wenn amoi verheirat't san, betn aa jedsmoi an Ros'nkranz, ehvor sie si' ausziagn a der Eh'kamma . . . Dö iahnane Kinda, moan'i, kemma aa untern Bet'n z'stand.«
»Ja, Liacht macha dö ganz g'wiß nia«, bestätigte der Hengersbacher-Wiggl.
Schon das ganze Heiratmachen ging sehr hart zwischen dem Wastl und der Traudl. Der alte Schlemmer mußte mit seinem Sohn hinübergehen nach Boling und beim Rehbinder die Rede vorbringen. Der Wastl stand dabei, sagte nicht Gick und nicht Gack, schier so wie mit einer vollen Hose. Die Traudl hockte bei ihrer Mutter auf der Bank, die Augen niedergeschlagen, die Hände ineinander auf ihrem Schoß, und schließlich fing sie das Flennen an. Eine rechte Umständlichkeit war es. Der Schlemmer wurde zuletzt ärgerlich und sagte:

»No, nachha müaßt's hoit it heiratn, wennd's enk oi zwoa schaamts.«
Gottseidank, die Hochzeit selber verlief lustig. Das Allerärgste aber ereignete sich erst, als man endlich nachts im Schlemmerhof in Atzing ankam. Der Altbauer und die Bäuerin hatten dem Bier gut zugesprochen, hübsch gefährlich wankten sie miteinander, und voller Fidelität war der Schlemmer.
Besorgterweise sagte die Schlemmerin zu ihrer Schwiegertochter in einem fort: »So – so, Traudl, so, jetz geht's nu a's Bett, und gell, schaugt's fei, daß's wos werd, gell!« Und dann lachte sie verkniffen.
Offener hingegen meinte der Altbauer, indem er fort und fort rülpste: »U-hujupp! . . . So, Wastl, daß d' fei it so lappert bist, gell! Dö erst Nacht muaßt's zoagn, wos d' konnst!«
Die Alten lachten breit, die Jungen nickten mit ihren gefrorenen Gesichtern. Dastanden sie alle zwei wie kaum ausgeschloffene Stare. Dem Wastl trieb es direkt den Angstschweiß aus dem Hirn.
»Geh weita, Michi! Mir gehnga ins Bett! Loß dö Junga alloa!« rettete sozusagen die alte Schlemmerin die Situation und zog ihren Alten aus der Stube.
»Guat Nacht, Leitl'n! Und bet's fei it z'vui die ganz Nocht! U-jupp!« plärrte dieser noch zurück, bevor er die Tür zuzog. Die Jungen hörten das Gepumper über die Stiege hinauf und trauten sich nicht, einander anzuschauen.
»Geh' ma aa!« brachte endlich die Traudl heraus und der Wastl nickte. Der Wastl drehte in der Stube das Elektrische aus und alsdann tappten sie hintereinander die Stiege hinauf. Auch in der Eh'kammer ist beim Schlemmer das Elektrische, überhaupt im ganzen Haus. Der Wastl wollte wirklich kein Licht aufdrehen, aber, wahrscheinlich weil sie sich nicht auskannte in der Finsternis, die

Traudl stolperte, wie sie in die Ehekammer wollten und – bumsdi – lag sie gestreckterlängs da. Und wieder bumsdi, lag auch schon der knapp hinter ihr dreingehende Wastl auf ihr. Dumm, dumm, saudumm so was!
»Jessaß–Jessaß!« stieß die Traudl heraus. »Mariandjosef!« ergänzte der Wastl ganz wirsch und sprang schnell auf. Er drehte das Licht auf. Die Traudl stand auch schon wieder.
So, jetzt war es schon so. Wieder dunkel machen, kam sogar dem Wastl unrecht vor. Er zog die Tür zu. Sie und er schnauften, sie und er wurden rot, sie und er schlotterten schier. Alle zwei schauten sie aneinander vorbei.
»Traudei«, sagte jetzt der Wastl und schluckte schon wieder. Dappig klang es.
»Wast–«, schnappte die Traudl nach Luft. Gradso war's, als wie wenn einer dem anderen gut zureden wollte, als wie wenn einer mit dem anderen Mitleid hätte. Stockstumm wurden sie wieder.
Jetzt stieg's den zweien erst recht in den Sinn, wie sündhaftig das sei, Mannsbild und Weiberts nachts allein in einer Eh'kammer.
Dem Wastl kam vor lauter Verlegenheit ein Drang an, so gewaltig, daß ihm ein lauter Wind hinterrücks auskam. »O-ha–!« stammelte er vollends wirsch und zuckte direkt zusammen. Auch die Traudl muß einen solchen Drang gehabt haben, bloß hörte man bei ihr nichts. Sie zuckte genau so. Jetzt, dachte sich der Wastl, jetzt wird's aber Zeit. »Trau-au-audei!« ermannte er sich hinwiederum.
»Gehng ma a's Bett!« gab die Traudl demütig Antwort, was den Wastl ein wenig couraschierter machte.
»Ja-ja, Traudei, ziag'n mir üns aus!« sagte er: »I schaug it hi!« Er drehte sich geschämig um, zog seine Schuhe ab, die Joppe und so weiter. Auch die Traudl machte es ihm nach. Er schaute auf die herentere, sie auf die drentere Wand. Sie sagte nichts und er auch nichts.

Eine Eh'kammer aber ist wie eine Mausfalle, wenn du einmal drinnen bist, kommst du der Unkeuschheit nicht mehr aus. Schließlich, die ganze Nacht, einander den Rükken zugewendet stehen, das ging auch nicht. Also gut, die zwei drehten sich herum, jedes im Hemd. Der Wastl glotzte und war ganz verdattert, die Traudl verzog mit harter Mühe ihre Lippen und, nun ja, man ging halt zueinander. Der Wastl schwang sich auf und gab seiner jungen Bäuerin ein Bussel. Sie röchelte und stöhnte fast weinerlich: »Wastl! Wa-stei!« Wenngleich aber jetzt Sündhaftigkeit und Heiligmäßigkeit unter dem Wastl seiner haarigen Brust hart kämpften und die erste schon halbwegs die Oberhand gewann, er raffte seine ganze Bravheit zusammen. »Trau-au-dei!« stotterte er wieder und wieder heraus, ganz windelweich. Auf das hin erfaßte die Traudl doch ein arges Mitleid und sie legte sich auf das aufgeschlagene Bett.
Der Wastl fiel ihr schier nach, tapsig und dalgert wie eine einhaxerte Henne.
»Trau-au-dei!« flennte er fast: »A-a Bussei, Trau-audei!«
Und – gut ist's, wenn ein Mensch Mitleid im Herzen hat – also sagte halt die Traudl, weil sie so was schon einmal gelesen hatte: »Grüß Gott, tritt ein, bring Glück herein, Wastl!«

DINGGEI

I

Es mag schon sein, daß das, was ich in dieser Geschichte vorbringe, in ungefähr ähnlicher Weise schon wo anders passiert ist oder als Schnurre existiert. Das macht mir aber nichts aus, schon deswegen, weil in meinem Fall ganz und gar nichts erlogen ist und weil ich alles aus nächster Nähe so halbwegs selber miterlebt habe. Nämlich vor jetzt drei Jahren in Walpertshausen, drenterhalb der Isar. Zum besseren Verständnis der lehrreichen Geschichte muß ich noch sagen, daß man in der dortigen Gegend statt dunkel »dinggei« sagt. In der Gegend, wo ich aufgewachsen bin, sagt – um mich hochdeutsch auszudrücken – beispielsweise die Geliebte zu ihrem Erwählten: »Konnst kemma, wenn's dunki is.« Drenterhalb der Isar hingegen sagt sie: »Kimm hoit, wenn's dinggei werd.«

Also gut, Walpertshausen ist ein umfängliches Bauerndorf und noch nicht heimgesucht von Sommerfrischlern. Es liegt weit ab von jeder Bahnstrecke, mitten zwischen großmächtigen Äckern und Wiesen. Flachland, wohin man schaut. Gute zwei Stunden geht man, bis der Schlemmbacher Staatsforst anfängt.

Große Bauern gibt es in Walpertshausen. Der drittgrößte ist dort der Haslacher. Bei ihm stehn vierzig Stück Vieh im Stall und vier Rösser. Eine Vorderdirn und eine Hinterdirn hat er, und zu meiner Zeit war der Neuchl-Beni, mein ehemaliger Schulkamerad, bei ihm Knecht. Der Beni ist schon in der Schule saudumm gewesen und ich könnte nicht sagen, daß er im Alter gescheiter geworden wäre. Immerhin hat er sich zu einem Bärenmannsbild ausgewachsen, gesund von unten bis oben und besonders in der Mitten. Den Ersten Weltkrieg hat er glück-

lich überstanden und war selbigesmal gerade, wie man bei uns sagt, im »stierigen Alter«, was soviel heißt wie: Jedes Weibsbild hätte er am liebsten angepackt.
Die Hinterdirn vom Haslacher hat Resl geheißen. Neunzehn Jahr' war sie alt, fest beieinander, hat ein Gesicht gehabt wie Milch und Blut, bloß ein bißl dalgert ist sie gewesen. Mannsbilderfurcht hat sie noch haufenweis' gehabt. Die Fanny, die Vorderdirn, ist aus anderem Holz gewesen. Sie ist gut in den Dreißigern gestanden, kernig in der Statur, bloß ein bißl altes Fleisch halt schon. Soweit wäre sie gar kein zuwiderner Brocken gewesen, die Fanny, aber ein schelches Maul hat sie gehabt, und natürlicherweise Staat hätte ein Mannsbild mit ihr nicht viel machen können. Schließlich aber, wenn eine keine geldige Bauerstochter ist und bloß eine Dirn, soviel will der Bursch alsdann doch, daß er von seinem Weiberts auf dem Tanzboden oder bei sonstigen Gelegenheiten sagen kann: »Gell, schiach is s' net, dö mei! Danebn griffn hob i net.« So hätte mit der Fanny keiner protzen können, wie gesagt.
Dafür aber, oder besser gesagt, vielleicht grad deswegen hat die Vorderdirn vom Haslacher richtige Hosentürlaugen gehabt, und das sagt alles.
Damit ich aber bei der Sache bleibe, also schon kurz nachdem der Beni beim Haslacher einstand, spannte die Fanny: Holla, mit dem und der Resl ist was nicht ganz sauber.
Der Beni war in jeder Früh der erste im Stall und fing gar nicht gleich zu arbeiten an. Er ließ seine Rösser stampfen und wiehern. Er tappte hinum und herum wie eine Henne, die das Ei drückt, luste und lugte, und wenn alsdann Vorder- und Hinterdirn endlich daherkamen, stellte er sich jedesmal so seltsam an den Wassergrant. Kaum das »Guatn Morgn« brachte er heraus. In einem fort glotzte er auf die Resl, daß dieselbe brandrot und

immer noch dalgerter wurde. Sie drückte sich schnell an dem aufdringlichen Mannsbild vorbei und ging ans Gsottloch, faßte die Butten voll und schüttete den Kühen ein.
Die Fanny aber machte es ganz anders. Gleich fing sie mit dem Bein eine Unterhaltung an und – wenn so was eine Dirn auch erst nach der Stallarbeit tut – stellte sich breithaxet an den Brunnen, machte um den Hals herum ihren Gspenser recht weit auf, schon so mordialisch weit über ihre Achseln zog sie ihn, daß ein Mannsbild dappig sein müßte, wenn es dabei nicht zuschaut. War doch die schönste Aussicht: Trümmer Achseln, schön kernig und zwei Herzbacken, die sich sehen lassen konnten. Alsdann fing sie sich zu waschen an, grad mit Fleiß.
Selbstredend war das dem Beni auch nicht unrecht. Eigentlich stierte er ja noch auf die Resl, aber auf das obere Fleisch von der Fanny halt auch, und das nicht zu wenig.
Wenn ich jetzt ein besserer Dichter wäre, so würde ich vielleicht sagen: Das Hinschauen des Beni auf die Resl war so was wie »himmlische Liebe« und das auf die Vorderdirn am Wassergrant dorten war von den miserabligen »irdischen Gelüsten« diktiert. Ganz gleich aber, wie man es heißt, es ging einfach so Tag für Tag.
Die Fanny, wenn sie den bärenmäßigen Beni so manchmal musterte, sagte sich jedesmal: »Herrgott, das wär' was für mich.« Der Beni hatte eine Stinkwut auf sie, weil sie ewig zwischen ihm und der Resl stand, und die geschamige Hinterdirn wiederum wär' am liebsten immer auf und davongelaufen, wenn der Knecht auftauchte.
Indessen gegen eine mannsbildnarrische Dreißigerin kommt der stärkste Knecht nicht auf. »Du beißt no o«, rechnete die Fanny in bezug auf den Beni, und der tat es grad mit Fleiß nicht.

Die Haslacher-Vorderdirn aber war hell auf der Platten. Von jetzt ab ging sie jedesmal vor der Stallarbeit in der Früh auf den Abtritt und ließ Resl und Beni allein.
Da mußte was passieren. Und richtig, einmal, wie sie gerade die Stalltür aufmachte, hörte sie schon ein verdächtiges Graunzen und Herumraufen hinter den Kühen. Sie hustete sehr laut, schaute luchsschnell hin und hörte gerade noch die Resl schreien: »Saukerl, dreckiga!« Der Beni rumpelte Hals über Kopf in den Roßstand und aus war es.
Die Vorderdirn verzog ein wenig ihr schelches Maul und tat keinen weiteren Muckser. Sie machte ihre Arbeit wie jeden Tag. Den Beni und die Resl fragte sie nicht, bloß war es, wenn man sie genau anschaute, als sei sie vollauf mit allem zufrieden. Die Resl machte eine Treanschn her und der Knecht nicht minder.
Es wurde Mittag, es kam die Brotzeit, es ging wiederum in den Stall und zum Nachtessen, es läutete Gebet und man ging ins Bett. Vorder- und Hinterdirn schliefen wie üblich zusammen in der Dirnkammer.
»Du, Resei?« fragte die Fanny in derer Nacht scheinheilig: »Wos machst denn jetz heunt schon an ganzn Tog a so a Treanschn her? Bist it gut beinand oder host wos gega mi?« Und weil sie es arg süßmäulig und mitleidig herausbrachte, fing die Resl das Flennen an und erzählte ihr von dem stierigen Hund, dem Beni, der wo ihr hinten und vorn keine Ruhe nicht lasse.
»Soso, da Beni, der Saukerl!« sagte die Fanny. »Soso, deswegn!« »I sog auf, wenn a mir koan Ruah it loßt!« flennte die Resl schon wieder.
»Jetz sei nu stad, sei stad, Resei! . . . Dös kriegn ma scho«, fing auf das hin die Vorderdirn wieder an. »Loß da nu Zeit, den treibn mir sei Stierigsei scho aus!«
»Ja, wia nachha?« wollte die Resl wissen und hörte das Weinen auf.

»Ming tuast'n also gor it?« fragte die Fanny und schaute ihre jüngere Mitdirn an wie die Katze die gefangene Maus.
»It gschenkt, den Hammi!« war der letzteren ihre Antwort.
»Jetzt paß auf, Resei«, fügte die Fanny wieder an und hockte sich näher zu ihr aufs Bett. »Jetz bist amoi a Zeitlang freindli zu iahm ... Tuast, ois wia wenn gor nix gwesn waar zwischn enk ... Passiert dir nix, brauchst koa Angst it hobn, i bleib oiwai in enkerner Näh ... I huif dir scho, wenn's sei muaß ... Der tuat dir koa bißl wos.«
Sie hockten noch lang beieinander dieselbe Nacht, und zum Schluß war die Resl wieder ganz lustig.
»Aba dei Pappn muaßt hoitn, gell, Resei!« sagte die Fanny noch, voreh sie ins Bett stiegen, und »Ganz gwiß! Auf Ehr' und Seligkeit«, versprach die Jüngere.
Vom anderen Tag an machte sich der Beni direkt Hoffnungen in bezug auf die Resl. Saudumm war es bloß, daß ewig und ewig die neugierige Fanny im Weg stand. So ärgerlich machte das den Knecht mitunter, daß er auf die höllischsten Gedanken kam und die Vorderdirn am liebsten abgemurkst hätte. Und – so geht das schon – je härter es sich anließ, mit der Resl allein zusammenzukommen, desto verwegener zielte er darauf los.
Endlich – es mögen acht oder auch etliche Tag' mehr vergangen sein – gab sich ein Moment bei der Stallarbeit. Die Fanny war gerade mit der vollen Milchgelten aus dem Stall gegangen, und die Resl machte den Kühen eine neue Einstreu. Direkt gegenüber vom Beni seinem Roßstand war sie. Mit einem Satz war der Knecht hinter ihr. Sie merkte es genau und tat gar nicht geschrekkig.
»Resei?« hauchte der Beni halblaut und zitterig aus sich heraus und verschluckte mit seinen gierigen Stielaugen

das gutgestaltige Weibsbild von hinten. Schon wollte er seinen Arm aufheben, siedheiß war alles an ihm. Aber die Resl drehte sich eilsam um und brachte grad noch heraus: »Gib an Ruah, Beni! Kimm hoit, wenn's dinggei werd.«
»Ja, Resei, ja! . . . Wohin denn?« fragte der Beni direkt schon so, wie wenn alles an ihm brennen würde. Er wollte ein verliebtes, scherzendes Gesicht machen, aber es ging nicht, er glotzte wie nicht recht. Bloß Aug'n war er noch.
»Aufn mittern Heustock, Beni, rechta Hand, wenn ois's an Bett is!« sagte die Resl, und »Ja, ja, Resei, aba gwiß!« gab der Beni zurück und kam gerade noch in den Roßstand, als jetzt die Fanny in den Stall hereinschlurfte. Er fing mit Gewalt das Arbeiten an, schier fliegend. Er war ein ganz anderer. Hin und her rannte er zwischen Roßstand und Tenne mit seinen großmächtig vollen Gabeln Einstreustroh, grad gut zum Zuschauen war ihm.
»Du«, sagte in einem Augenblick, als er draußen war, die Resl zu ihrer Vorderdirn: »Hot scho obissn . . . Heunt nocht kimmt er aufn mittern Heustock.«
»So – so, guat, guat«, freute sich die Fanny und verzog ihr schelches Maul zufrieden. Und alle zwei machten wieder die unschuldigsten Gesichter von der Welt.

II

Der Beni stand in seiner Kammer, so durcheinander wie noch nie. Bald schreckte er jäh zusammen, dann wieder schlotterte er wie ein frierender Hund, er glotzte, er luste, und unter seinem heißen Brustkasten schlug sein Herz wie eine Veteranenvereinstrommel. Er kam ins Schwitzen und wußte nicht von was, alsdann wurde sein nasser Körper wieder eiskalt.
Er stand da und wartete. Er löschte auf einmal die Kerze

aus und rührte sich nicht vom Fleck, er zündete sie auf einmal wieder an und glotzte genau noch so. Die Walpertshausener Kirche schlug zehn Uhr und das gab ihm einen Riß. »H–ww!« blies er die Kerze wieder aus, schlüpfte aus seinen Holzpantoffeln und schlich aus seiner Kammer. Er tappte sich vorsichtig den dunklen Gang lang und erwischte glücklich den Griff von der Tennentür, drückte ihn langsam herab und – Herrgott, es wurde einen Augenblick alles bockstarr an ihm! – es gab einen quietschenden Knarzer. Schnell schlüpfte er durch und zog hinter sich zu. Er mußte stehenbleiben und schnaufte röchelnd auf. Da – da hörte er's schon rascheln rechter Hand. Wie Feuer zischte es in ihm, er tastete weiter an der Wand lang und stieß auf den Rand des Heustockes. »Resi!« lispelte er und glotzte ins Dunkle.
»Ja«, gab's an und schon wieder raschelte es droben. Er schwang sich mit aller Kraft hinauf und schon spürte seine zitternde Hand eine kernige Wade. Er konnte nichts mehr herausbringen, gab sich bloß noch einen Schwung und spürte schon einen halbnackten Körper unter sich. Blitzig fuhr's durch ihn: »Herrgott, so was Schönes! Hergericht' hat sie sich auch schon!«
Feste Arme und klammernde Füße bogen sich um ihn. Er meinte, er zerginge wie eine schmelzende Wachskerze neben dem Ofen. »Resei–re–re–sssei!«
»Mach hoit, geh, geh!« lispelte sie, aber er konnte sich kaum rühren vor lauter Zerfahrenheit. Er schnaufte und schwitzte, es brach aus ihm wie kochendes Blei. Ganz und gar traurig wurde er, ewig und ewig wollte er ihr Gesicht busseln, aber sie zog ein um das andere Mal den Kopf weg. Er fing direkt das Wimmern an.
»Mach hoit, weita, geh!« hörte er's wieder lispeln und spürte ihr heißes Schnaufen über sein Gesicht.
»A Bussei, Resei, a Bu–ubussei!« winselte er ganz und gar schwach, und da auf einmal wurde es der Dirn doch

zu dumm. Sie gab ihm einen festen Stoß und knurrte bös.
»Loamsiada, windiga!« sagte auf einmal die Vorderdirn Fanny halblaut: »Wos wuist denn nachha mit der Resl, wenn's net amoi bei mir wos werd! Geh weita, sog i, Toipi lapperter!«
»Wo–wo–wos?« stotterte der Beni halb damisch. »Wo–wo–wos?« Aufschwang er sich, noch einmal bohrte er seine heißen Augen in die Finsternis und ließ sich über den Heustock hinunterrutschen.
»Loamsiada, ausglargta! Der Resei sog i's scho!« hörte er wiederum und tappte zur Tennentür. Auf seiner Kammer kam er an wie ein Halbtoter. Nach langer Zeit rieselte doch wieder Kraft in seine ganzen Glieder.
»Dö Hundsweiba, dö nixnutzign!« brummte er grimmig und nahm sich fest vor, keine mehr anzuschauen. Ob er's gehalten hat, weiß ich nicht. Ich hab' ihn seither nicht mehr getroffen. Auch die Vorderdirn kam zur Resl zurück, hundsgrantig.
»Der? . . . Den schenk' i dir aufs Kraut nauf!« sagte sie bloß, und gleich legte sie sich ins Bett.
Erst nach und nach erzählte sie der neugierigen Hinterdirn, wie alles gewesen war, und – daraus mag sich der Leser die Lehre ziehen, wenn er ein Mannsbild ist – von derer Stund an schauten die zwei Weibsbilder den Beni stets und ständig mit Blicken an, die, mit Respekt gesagt, die lebendige Verachtung selber waren. Es war bloß gut, daß der Beni, wie ich gehört habe, ein Jahr darauf vom Haslacher wegging.

DIE WERBUNG

(Nach einem alten, bayrischen Witz)

Schon lang wollte der Lechner-Xaverl der Pleininger-Resl etwas insgeheim sagen, aber jedesmal, wenn dann wirklich Gelegenheit dazu war, brachte er es nicht über die Lippen.
»I müaßt dir was sogn, Resl«, war alles, was er herausbrachte. Alsdann lachte er sonderbar und wenn sie weiter forschte, verzog er sein Maul noch mehr. Endlich kam der Kathrein-Tanz in Walpertshausen. Da pflegt die heiratsfähige Jungfrauen- und Burschenschaft anwesend zu sein. Der Xaverl tanzte fast stets mit der Resl und trank massig. Bei der sechsten Maß stieg ihm der Mut in den Kopf, und als er die zehnte hatte, bot er sich der Resl als Heimbegleiter an.
»Wega meina scho«, sagte die Resl lustig, »aba net, daß i di hoamführn muaß!« Der Xaverl nämlich schwankte schon und rülpste mitunter bedenklich. Er riß sich nach dieser Anrede fest zusammen und rief keck: »Waar scho guat! . . . I geh dir no dö ganz Nacht, wenns sei muaß – und o'kenna tuast mir nix!«
»No, oiso nacha, geh weita«, gab ihm die Resl zurück, und sie gingen.
Solange sie durch Walpertshausen spazierten, redeten sie allerhand Gleichgültiges, als sie jedoch die Häuser hinter sich hatten, fing der Xaverl das Schweigen an. Weit in den Feldern drinnen, auf dem schmalen Weg, brachte er endlich wieder heraus: »I müaßt dir wos sog'n, Resl!«
»Wos denn?« fragte die.
»I red net gern«, war Xaverls Antwort. Sie gingen wieder eine ziemliche Strecke. Der Bursch rülpste etliche Male und stapfte stramm weiter.

»I hob's net mit'n Red'n«, sagte er wiederum, und weil die Resl auch nichts sagte, schwieg er abermals. Sie kamen jetzt in den Kergertshauser Forst und gingen auf der Landstraße. Ganz einschichtig hallten ihre Schritte in der Stille. Er war stumm und sie war stumm. Der Xaver blieb auf einmal hart aufschnaubend stehen, drehte sich zur Resl hin und sagte: »Soit i'n außatoa?«

NACH EINEM ALTEN LIED

Lieber Leser, du kennst doch gewiß auch das schöne Gedicht von den zwei Königskindern, die wo einander so lieb gehabt haben und nie nicht zusammengekommen sind, weil zwischen ihnen ein Wasser gewesen ist und »das war viel zu tief«. Da heißt es alsdann weiter, daß es der Königssohn vor lauter Drang nach seiner Geliebten nicht mehr ausgehalten hat und einmal bei der Nacht über dasselbige Wasser hinübergeschwommen ist. Es soll aber stockdunkel gewesen sein und die Königstochter von drenterhalb soll infolgedessen auf eine Felsenklippe ein Licht hingestellt haben, und damit, daß ihr Loder gewußt hat, wohin. Leider aber, wird uns weiter berichtet, hat eine scheinheilige Nonne, die meiner Schätzung nach wahrscheinlich der Königstochter um einen so strammen Burschen neidig gewesen ist, das Licht hinterlistigerweise ausgelöscht und nach langem, vergeblichem Irrschwimmen ist der Königssohn ersoffen.
Ist das nicht eine recht trübselige Geschichte?
Ich glaube aber schon auch, daß die zwei Königskinder gar nicht hell auf der Platten gewesen sind, weil sie es gar so saudumm angepackt haben, ihr Zusammenkommen. Damaligerzeit, denk ich, muß es doch auch schon Ruderschiffe oder Floße gegeben haben zum Hinübersetzen über dasselbige Wasser. Und an diesem ganzen traurigen Vorkommnis sieht man es wieder einmal deutlich, daß die Weiberleute ihr Maul nie nicht halten können, ein Mannsbild aber schon, und der muß es alsdann büßen. Die Königstochter hat schwatzen müssen! Einer Nonne hat sie es sagen müssen in ihrerner Dummheit! Da könnte eins schon direkt ärgerlich werden.
Der Raffinger-Adam und die Pointner-Fanny von Frötthan, die haben auch ein solches Benehmen zueinander

gehabt. Vergafft waren sie ineinander wie nicht schlecht, aber zu sagen hat sich keins was getraut. Schier wie die zwei leimsiederischen Königskinder, bloß – selbstredend – das Wasser hat gefehlt und einer Klosterfrau haben sie es auch nicht anvertraut, was zwischen ihnen los war. Der Adam war der dritte Sohn vom Häusler Raffinger und die Fanny die einzige auf dem Hof. Hübsch vermöglich war sie und schiech auch nicht.
So versteckt war ihre Liebschaft zueinander, daß es bloß ein einziger im ganzen Dorf gewußt hat, der Schmied Banzer. Das Raffingerhäusl steht rechterseit und der Pointnerhof linkerseit von der Dorfstraße. Neben dem Raffinger, ganz hart dran, ist der Schmied.
Gutding ein Jahr ging dieses Anschauen vom Adam und der Fanny so. Zum erstenmal fiel es dem Schmied auf, als er einmal auf den Raffingerabtritt gehen wollte, welcher zwischen Nachbar und Nachbar am Misthaufenrand steht. Der Banzer nämlich hat kein Vieh und keinen Grund, braucht also auch keinen Dung, und ein eigener Abtritt wäre infolgedessen was Überflüssiges. Darum trägt er die jedesmalige Frucht seiner Notdurft ins Raffingerhäusl und letzterer ist froh drum.
Damaligerzeit – Ende Februar war's und eiskalt – wie der Schmied seine Notdurft verrichten wollte, war der Adam im Abtritt, hatte fest zugehängt und lugte aus dem ausgeschnittenen Herzen, welches solche Türen bei uns meistens als Zierde aufweisen, in einem fort zum Pointner in das obere Tennentürl, wo der Knecht und die Fanny Gsott schnitten. Direkt weg war er und wurde brandrot und käsbleich auf eins, als ihn der Banzer dabei erwischte.
Der aber roch sofort, wo der Wind hertrieb und war gar nicht weiter zuwider.
»Ja – ja!« stellte er sich zuerst einmal baff: »Adam? Adam, wos schaugst denn a so a d'Luft?«

Aber wenn er es auch noch so freundlich herausbrachte, dem Häuslhocker gab es bloß einen Riß, weg war er vom »Herzen« und hockte drinnen im Dunkel.
»Adam?«
Nicht »Gick« und nicht »Gack« tat es auf das hin.
»Adam?« versuchte es der Banzer noch einmal, aber wieder blieb's stockstumm.
»Damischer Teifi, damischer! Mach, daß d' fürti werst! Ander Leit' mächt'n aa nauf!« schimpfte der Schmied schließlich und kehrte wieder um. Gleich darauf hämmerte er wieder auf Hautsdrein, ließ aber den Abtritt nicht aus seinem Aug'. »Peng– peng–pengerengeng!« krachte sein Hammer auf dem Amboß und die dicken Funken flogen herum. Jetzt sauste der Adam aus dem Abtritt.
»SSS–st, Adam! Adam!« winkte ihm der Banzer, aber der Bursch lief schnurstracks in den Stall.
Mit gewiegtem Kennerblick untersuchte der Schmied die Situation. Zuerst schaute er auf den halboffenen, verlassenen Abtritt, alsdann beim Pointner durch das obere Tennentürl und »Huit!« machte er, denn wie er jetzt das schönformige Hintergestell der gerade sich bückenden Fanny erspähte – so was konnte sogar noch einem alten Mann auf ein Roß helfen.
»Holla!« war gewissermaßen der Endeffekt von allem. Er kannte sich also genau aus oder vielmehr, er hatte sich keinen Faden dick geirrt.
Kurz darauf ging er auf den Raffingerabtritt, und da drinnen – während er gemütlich überlegte – lachte er auf einmal vor sich hin und brümmelte: »Du kimmst scho, Adam! . . . Du kriachst scho zum Kreiz, wart nu!«

*

Wenn einer auf so seltsame Weise auf etwas Heimliches aufmerksam gemacht wird, was tut er? Er schnüffelt weiter.
Der Banzer lurte und luste jetzt auf alles, was zwischen Adam und Fanny vorging.
Die Fanny schaute bei irgendeiner Gelegenheit den Adam an, also direkt mit einem Wehdam auf dem Gesicht. Sie preßte die Lippen aufeinander, sie wurde rot und verlegen, aber sie konnte nichts herausbringen. Und umgekehrt war es genauso. Die zwei verschluckten sich fast mit den Augen. Der Banzer wunderte sich jeden Tag mehr, wie eine solche Verliebtheit die anderen Dorfleute nicht spannen konnten. Wunderte sich und freute sich insgeheim. Und warum freute er sich?
Nichts leichter zu erraten wie das, wenn man ihn kannte. Der Schmied Banzer war, wenn ich's ganz deutlich sagen will, so was für Fröttham und den ganzen weiten Gau wie der Medizinmann bei den Indianern, von denen jeder von uns in seinen jungen Heldenjahren gelesen hat. Der Banzer richtete jede alte Uhr, daß sie wieder ging, der Banzer dokterte jedes Roß und jede Kuh gesund, er war für Kranke besser wie der Bezirksarzt, außerdem kannte er die Wetterlaunen in- und auswendig, schmuste fast jedes Paar zusammen, war rühmlichst bekannt als »heller Kopf« im allgemeinen und als Weiberkenner im besonderen. Wer was auf dem Herzen, was im Fuß, was im Magen oder was mit dem Gericht zu tun hatte, kam zum Schmied Banzer.
Im Februar hatte er den Raffinger-Adam heimlicherweise in die Pointnertenne hinüberschauend erwischt, lang, sehr lang ging's her, aber im Herbst kam der Adam in die Schmiede. Der Banzer sagte es ihm auf den Kopf zu, wegen was, und so wasserklar stimmte alles, daß der Dritte vom Raffinger einfach bloß noch Maul und Augen aufreißen konnte.

»Adam«, sagte der Schmied, »dir fehlts inwendi und an Hirn. Wenn's a so weitageht mit dir, kimmst a's Irrnhaus und in 'ran Johr ko dei Leich sei ...« Er lugte auf den baffen Adam wie ein strenger Schullehrer und rieb es dem jungen Löffel brühwarm unter die Nase: »Wennst du a so mit der Pointna-Fanny weitamachst – oiwai bloß hi'schaugn und dosteh wia mit der voll'n Hosn – do werd's ewi nix.«
Die Dichter haben schon recht. Wie sagen sie? »Ein rechter Schmied macht stets den rechten Hammerschlag.« Dem Banzer seiniger in dem Augenblick hatte dieselbe Wirkung beim Adam. Fast umfiel der Bursch.
»Jetz siechst ös ja scho! ... Wos i gsogt hob! Du host an Herzfehla und an Hirn aa wos«, sagte in Anbetracht dieser Situation der Banzer zu seinem »Patienten« und wurde vertraulicher: »I bin a oita Mo, Adam! ... I woaß doch, wia sowos ins Gleis kimmt ...«
Und das richtete den Adam wieder halbwegs auf.
»Ja, wia nachha, Banza?« brachte er endlich heraus und schaute denselben an wie ein Rinnaugiger. Fast weinerlich sagte er es, aber den Schmied erweichte das gar nicht, im Gegenteil, er trompetete heraus, weil er eine Wut hatte, daß dieser junge Kampel erst jetzt, nach schier dreiviertel Jahren, gekommen war: »Do derfst koa Pardon net kenna! Do muaßt o'packa!« Auf das hin wurde der Adam noch trübseliger und stotterte dappig heraus: »Ja, du red'st leicht daher! ... I–i–i bin doch koa Stier it!« »Aba a Rindviehch!« wies ihn der Banzer saugrob zurecht: »Ja, wennst mir it glaab'n wuist, nachha brauch ma gor it weitared'n! Nachha konnst scho wieda geh!« Ein steinherziger Mensch kann er sein, der Schmied.
»Ja, no«, wollte der Adam weiterlamentieren, aber der Banzer fuhr ihm ganz hitzig übers Maul: »Is scho gor mit üns! ... I hob koa Zeit nimma! ... Wennst a bißl gscheita wordn bist, konnst wieda kemma!«

»Aba d'Fanny?« fragte der Adam vollends kleinlaut.
»I hob koa Zeit nimma, sog i!« plärrte der Banzer noch ärger, und dem Raffingerdritten blieb nichts anders übrig als zu gehen. »So, dös macht si!« brümmelte der Schmied verschmitzt in sich hinein, nachdem er wieder allein war. Er zog sein dickes Bartmaul auseinander und stieß ein paar keuchende Lacher heraus.
Beim Pointner mußte er die Gsottmaschine richten. Er packte sein Werkzeug und ging. Sein gespannter Bauch preßte den unter dem Nabel festgebundenen Lederschurz mächtig heraus, die kurzen, dicken Füße watschelten diesmal nicht so, und seltsam gravitätisch trug er seinen dicken Ballonkopf. Beim Pointner drüben redete er allerhand Beiläufiges und nachher sagte er: »Geh, d' Fanny is grod recht, daß s' mir a bißl a d' Hand geht und huift drob'n.«
Und der Pointner schaffte der Fanny, mit dem Schmied auf die Tenne zu gehen. Es war auch gerade die rechte Zeit – nach der Brotzeit und vor der Stallarbeit.
»So, Fannei, jetz leicht nu schö!« schmeichelte der alte Bazi die Pointnertochter zu sich heran. Sie hielt die Stalllaterne, er fing das Schrauben an, untersuchte umständlich und fing ganz kleinweise die Unterhaltung an. Zuerst erzählte er kleine Dorfneuigkeiten, alsdann machte er Vergleiche zwischen einer Gsottmaschine und einem Weiberts. Neu ziehen sie an, meinte er, aber alt ist's hinten und vorn nichts mehr damit und so weiter.
Und schließlich und endlich also kam er auf das Heiraten zu reden und auf die verschiedenen Burschen im Dorf, alsdann ging er mehr ins Detail, untermischte alles mit seinen bekannten, wohlmeinenden Ratschlägen und konnte es so gut wie der Bischof das Firmen.
Die Fanny war ein lebhaftes Ding, die Jungfrau schaute ihr aus den glänzenden Augen, aber neugierig war sie nicht wenig.

»Jetz, i wui dir wos sog'n, Fannei ... A Geldheirat is aa net oiwai dös rechte und a Häuslmo is oft bessa«, tastete er vorsichtig weiter und fragte verschloffen arglos: »Wia is's denn eigentli mit dir? ... Host scho an Loda hintn oda muaß ma dir erst oan suacha?«
»Ja mei – i waß's net«, machte sich die Fanny geschmach.
»Für di? ... Do wüßt i oan, Fanny«, munterte der Schmied sie auf: »Der waar ois wia o'g'messn für di.«
»Ja, wos für oana nachha?« erkundigte sich die Fanny lächelnd.
»Der Raffinger-Adam, Fannei! ... Dös is der best' Bursch, den wo i oana rot'n kunnt«, gab ihr der Banzer zur Antwort.
Und wie jetzt die Fanny rot wurde und wie sie sich stellte, sowas zündete dem Dümmsten ein Licht auf.
»Tja-hja, er war it unrecht«, konnte sie bloß noch sagen und schluckte geschämig.
So ging es weiter und das letzte Wort der Pointner-Einzigen war: »I mog 'n ja sovui gern, Schmied, aber er traut si ja it ... I waoß's aa it, er is doch a Mannsbuid! ... I trau ma doch aa it.«
»Ja, no, nachha – nachha is ja so ois recht«, war dem Banzer seine Antwort, und noch einmal vergewisserte er sich, ob sie auch wirklich allein die nächste Woche im »Vogelherd« hinten Laub rechen würde.
Alsdann war er soweit mit der kaputten Gsottmaschine fertig.

*

Der Pointnersche »Vogelherd« ist ein ziemlich verwilderter Wiesenstreifen und liegt hinter einem leicht gewellten Buckel, welcher vorne bei der Landstraße verläuft. Rechts und links und, gleichsam als Abschlußwand, hinter dem Streifen zieht sich Waldung hin. Teilweise ist dieselbe junges Dickicht, besonders hinten. Sonst aber sind lauter mächtige Laubbäume ringsherum; Buchen, Eschen und Eichen, die mitunter jäh aus den kleinen Tannen aufragen. An den Rändern des Vogelherdes treibt der Wind das herbstliche Laub zusammen, da liegt es alsdann fußtief und braucht bloß zu Häufen zusammengerecht werden.

Gut also, die Bühne ist gezeichnet. Es kann angehen.

Am Mittwoch vor acht Tagen hatte der Banzer die Gsottmaschine beim Pointner gerichtet, am Freitag darauf war der Adam schon wieder beim Schmied gewesen, noch kleinlauter und ganz ergeben. Die Aussprache der zwei Mannsbilder dauerte nicht gar zu lang.

Heute, am Montag, zog die Pointner-Fanny ganz allein das Laub mit dem Rechen zusammen. Zuerst sah es aus, wie wenn sie gar keine rechte Arbeitslust hätte, schüchtern direkt, ja fast furchtsam, schier so, als wären Eier oder gar Schlangen im Laub, fuhr sie immer wieder mit dem Rechen dazwischen und zog an. Mitunter hielt sie inne und lugte in die Gegend des grünen Buckels, alsdann arbeitete sie wieder schneller. Sie schnaufte oft sehr stockend, das Herz unter ihrem harten, kernigen Busen schlug heftig, und schließlich gab sie sich immer wieder einen resoluten Ruck. Gut an die zehn Häufen hatte sie rechter Hand der Waldung entlang zusammengeschoben und bog jetzt um das Eck, fing hinten an, wo das Dickicht steht. Eins war auffällig: Sie stellte sich jetzt nicht mehr seitlich, sondern arschlings dem Dickicht zu. Sie drückte sich geradezu an die kleinen Tannen und wenn sie eine Reihe hatte, bückte sie sich tief nach vorne, drehte den Rechen auf den Rücken und schob mittenwärts weiter, zuerst herüben, dann drüben. Aber sie arbeitete jetzt noch langsamer. Oft wenn sie sich bückte, stöhnte sie sogar leicht. Das ging eine gute Zeitlang so. Man konnte bemerken, daß die Fanny – weiß Gott durch was – im-

mer abgespannter wurde und ein immer trübseligeres Gesicht zog.
Auf einmal aber – gerade bückte sie sich wieder fast bis zum Boden – auf einmal bog sich das Dickicht hinter ihr, auf einmal riß die Luft auseinander von einem wilden Schrei, dem ein erschreckter von der Fanny folgte – auf einmal rumpelte der Adam aus den zusammenpeitschenden Tannen und warf sich wie ein wildes Vieh hinterrücks auf die gebückte Fanny, so derb und so hart, daß sie gestreckterlängs auf den Strahboden fiel. Sie und der Adam, der schnaufend und zerfahren ihre hintere Rockhälfte aufriß und wie ein richtiger Raubmörder auf ihrem nackten Hintergestell sich herumbalgte. »Du g'härst mei! Mei g'härst!« hörte die nach vorn gefallene, mit dem Gesicht im Strah liegende, herumfahrende Fanny. »Mei g'härst, mei!« plärrte das wilde Mannsbild immer wieder hinter ihr: »Auskemma tuast ma nimma!«
»Herrgott – Herrgott! Adam, geh Adam!« jammerte und keuchte die Fanny wie erstickt auf, aber der Bursch gab nicht nach, seine Zähne biß er aufeinander und das Weibsbild umkrampfte er, direkt erschrecklich war's zum Anschauen: »Auskemma tu – tu – tuast ma ni – i –imma!« Er stotterte, er grunzte wie ein Ochs. Die fassungslose Fanny jammerte noch etliche Male, aber von Wort zu Wort wurde ihr Stöhnen leiser und nachgiebiger.
Endlich sprang der Adam gach auf und jagte weiter, weiter mit einem Laut, den nur ein Verbrecher von sich gibt, der über seine Untat erschrickt und flieht. Die Tannen des Dickichts krachten und peitschten wieder auseinander und zusammen, der Adam flog mehr als er rannte. Auf einmal aber blieb er, wie von einem Bierschlegel aufs Hirn geschlagen, starr stehen, denn durch die ruhige Luft und durch die Bäume schrie die Fanny ganz hell und zum Greifen freundlich: »Adam! Adam, mei Adam! Mei liaba Adam!«

Der Adam brach fast um, das Blut blieb in seinen Adern still, sein Schnaufen hörte jäh auf, er glotzte und luste noch einmal.
»Adam! Adam, liaba Bua! Adam!« hörte er wiederum noch einmal: »Adam!«
Ja, was war denn das? Wer in Gottesnamen schrie ihm denn *so* nach?
»Adam! So kimm doch! Adam!« schrie es noch einnehmender. Ja, ja, das war doch der Fanny ihre Stimme, ja und noch einmal ja, ja, ganz gewiß! Und weil sich der dappige Bursch immer noch nicht vom Fleck rührte, weil er immer noch da stand wie ein Versteinerter, wiederholte sichs abermals: »Adam! I sog doch nix, Adam! Adam, i mog di ja sovui gern, Adam!«
Inwendig drinnen beim Adam ging es hin und her, bald jagte sein Blut wie ein hitziger Strahl zur Hirnwand und rieselte wieder zurück, bald war er eiskalt und spürte das dicke Schwitzen in seinen Achselhöhlen und auf dem Gesicht. Er war wie aus der Welt, ganz und gar weg. Ein dürrer Ast knackste unter seinen Füßen auseinander, und das machte ihn gewissermaßen wieder hell.
»Hm – hm?« machte er, einen Stoß gab er sich und – kehrte um. Als er aus dem Dickicht kam, sah er die Fanny lachend vor sich. Sie wartete geradezu. Sie schaute ihn an mit glänzenden Augen. Er aber, er ruckte auf einmal wieder erschrocken herum und wollte auf und davon. Wie ein störrisches Roß hatte er den Kopf eingezogen, richtig leberdamisch. Schier wie derselbige Königssohn.
Aber, ich sag halt – die Fanny war keine Königstochter.
»Adam! Herrgott, Adam, jetzt laaf doch net scho wieda davo! Es is ja ois recht und guat ... Geh her, Adam!« sagte sie resolut und – Wasser war ja keins da, wie der Leser schon gehört hat – also kam der Adam endlich zu ihr.
Am Anfang ging das Reden hart, dann hockten sie sich

miteinander ins Strah. Das Wort führte freilich meistenteils die Fanny. Die Busseln schmatzten gegenseitig.
»Hm, der Plaana, ha – hm! Der elendige Bazi!« brummte endlich der Adam und schaute gradaus.
»Plaana und Bazi hi und her ... Wenn der Banza net gwen waar, waar'n mir nia z'sammkemma«, sagte die Fanny schneidig drauf. Und der Adam nickte mit seinem schweren Kopf. Alle zwei lachten. Still war's, kein Laub rührte sich, am Himmel trieben die weißen Herbstwolken. Klar war die Luft, wunderbar klar. Ein Eichkatzel sprang von Ast zu Ast, drüben auf der uralten Eiche.
»Und jetz gehst zu mein' Vata und red'st mit iahm! ... Derfst di scho trau'n!« meinte die Fanny. »An Sunnta gehst zu iahm, aba ganz gwiß, gell?«
»Ja, aba wenn er net mog?« fragte der Adam kleinlaut und schaute in die Luft hinein.
»Net mog? ... Dös loß nu mei Sach' sei«, gab ihm die Fanny Antwort darauf, und keck setzte sie dazu: »Er kann ja nimma anderst! Er muaß ja! ... In neun Monat, wenn er was schrei'n härt, werd er scho dasi werd'n nachha!« Rot, gesund und glücklich schaute sie auf den stockigen Burschen da neben ihr.
Und der, der wußte gar nichts anderes mehr als: »Ja no, nachha, nachha is ja recht ...«
Er verzog sein junges Bartmaul ein wenig und brümmelte: »Aba a Bazi is er doch, der Banza! A richtiga Bazi! ... Den kimmt aa scho gor nix aus!«

DAS SPITZL

Der Heinzellner-Anton wird – so ganz mir nichts, dir nichts – aufs Amtsgericht geladen. Wegen der Alimente, wo fällig sein sollen bei der Maria Antelshofer und überhaupt: »Der Toni is der Vata«, hat sie angegeben, die Maria.
Der Toni kommt zum Gericht. Er leugnet. Selbstredend.
»Ja, aber Sie haben doch mit dem Fräulein einen intimen Verkehr gehabt«, sagt der Richter.
»Dös scho«, gibt der Toni zu, »aba it so weit, daß 's wos wordn waar . . .«
»So? . . . Hm?« erstaunt der Richter ein wenig. »Soso! . . . Ja, wie hat sich denn die Sache alsdann zu 'tragen? . . . Reden S' ungeniert! Nur raus mit der Sprach' . . .«
Der Toni erzählt umständlich, weitschweifig und vorsichtig.
»I bin ja bloß mit'n Spitzl einikemma«, sagt er zu guter Letzt und bezeichnet dieses ominöse Spitzl unmöglich als fruchtbringend.
»A so weit bloß, Herr Amtsrichter!« erklärt er und zeigt's an seinem kleinen Fingerspitzl: »Soooo weit bin i bloß einikemma! . . . Dös konn doch beim Teifi nei koa Bambs werdn . . .«
Der Richter hört äußerst interessiert zu. Er hat das freundlichste Gesicht von der Welt.
»Sie, . . . Herr Heinzellner«, sagt er alsdann, der Richter: »Sie, gehn S', sind S' doch so gut, gehn S' amal zur Tür' naus . . .«
Der Toni ist einen Moment ganz baff. Er glotzt. Er wittert weiß Gott was für Unheimlichkeiten.
»Gehn S' nur 'naus, Herr Heinzellner!« redet ihm der Richter gut zu: »Es passiert Ihnen gar nichts . . . Gehn S'

nur!« Er gibt dem Gerichtsdiener einen Wink und der führt also den Toni in den nebenanliegenden Vorraum.
Wie sie draußen sind, ruft der Richter ganz laut: »So, Herr Heinzellner, jetzt machen S' die Tür ein ganz klein bißl auf ... Ein ganz winzigs bißl, bloß, daß S' durchschaun könna ... Bitte!«
Es vergehn einige Sekunden. Der Toni draußen stockt, schaut dumm auf den Gerichtsdiener.
»Na, los! Bitte, Herr Heinzellner! Bitte, nur nicht geniern!« hört er den freundlichen Richter abermals. »Schaun S' bloß sozusagen durch den Türspalt zu uns 'rein!«
Endlich, endlich folgt der Toni. Die Tür öffnet sich kaum handbreit. Er schaut auf den Richtertisch, der Toni.
»So, jetzt machen S' wieder zu, Herr Heinzellner ... Und alsdann kommen S' wieder 'rein, bitte!« fordert ihn der liebenswürdige Richter auf.
Der Toni kommt mit dem Gerichtsdiener wieder in den kleinen Sitzungssaal.
»Sie«, sagte der Richter: »Sie, Herr Heinzellner ...?«
»J–ja ...?« fragte der Toni gespannt. Er versteht absolut nicht.
»Sagn S' uns einmal, haben Sie jetzt, wie Sie da durch den Türspalt geschaut haben ... haben Sie uns da alle gsehn, ja?« erkundigte sich der Richter.
»Ja–j–ja«, gibt der Toni stotternd an.
»Alles? ... Ganz deutlich?« forscht der Richter weiter.
»J–ja–ja ... Ganz deutlich«, bestätigt der Toni.
Und da verzieht der Malefizrichter ganz gemütlich sein Bartmaul und sagt: »Ja, sehn Sie, Herr Heinzellner, genau so ist's mit dem Spitzl ... Ob's den ganzn Kopf einistecka oder bloß d' Nasn ... Ich mein' bloß ... Die Wirkung ist die gleiche!«
»Nana, nana, dö–dös —«, will der Toni bestreiten, aber der Richter macht kurzen Prozeß und läßt sich nicht mehr

drausbringen. Amtswichtig wendet er sich an den Schreiber und kommandiert: »Es erscheint der Vater des Kindes, der ledige Anton Heinzellner —« Der Toni hat sich bloß die ganze Zeit gekratzt. Gesagt aber hat er gar nichts mehr drauf.

DER DRAPF

I

In der schönen Chiemseegegend hängt man noch heutigerzeit an dem Glauben, daß alle Jahre etliche Male ein süßschmeckender Tau fällt, dem man große Heilkraft zuschreibt. Er soll hauptsächlich gut sein gegen Podagra und offene Kindsfüße, am besten aber soll er gegen letze Weibsbilder wirken. Diesen Tau heißt der dortige Einheimische »den Drapf«, was wohl von Tropfen herkommen mag. Es ist mir erzählt worden, Podagraleidende pflegten sich an Drapftagen irgendwo an einem versteckten Platz pudelnackt ins Gras zu legen, Kindsfüßerinnen gingen barfuß durch die Wiesen und drachenmäßige Weiber sollten mit ihren beiden Händen über das nasse Grün streichen und die solchermaßen gewonnene Feuchtigkeit mit ihrer Zunge ablecken. Nun ist aber die letztgenannte Kur mit allerhand Schwierigkeiten verbunden, weil ja, wie jeder wissen wird, kein Weibsbild offen zugeben will, daß es letz ist.
Ich muß aber jetzt einen Sprung machen, damit ich zum Schluß wieder auf das eben Gesagte zurückkommen kann. Folgt also die zweite Abteilung.
Beim Besenwirt in Rehmersdorf hockten an einem Sonntag Bauern und Burschen beieinander. Frühjahr war es und zunehmender Mond. Gut standen Wiesen und Äcker, und kein gefährlicher Reif war bis jetzt übers Land gekommen. Schöne Aussichten also auf eine fette Ernte. Davon und über den Viehhandel unterhielten sich die älteren Bauern.
Am Burschentisch ging es lauter her. Da hechelten sie den buckelten Much-Franzl durch, der im Sinne hatte, mit der ehrengeachteten Jungfrau Viktoria Kaltnecker nach

Ostern in den heiligen Stand der Ehe einzutreten. Damit ich's aber gleich sage, gar groß war der Drang nach einer solchen Vereinigung beim Much-Franzl nicht, denn die Viktorl war weit und breit bekannt als schandmäßig letz. »Bei dere is's bessa, ma geht vorbei«, sagte sich die ganze heiratsfähige Burschenschaft des Gaues, und kein einziger Hochzeiter hatte bis jetzt angebissen. Genauere Auskünfte, weswegen gerade dem Much-Franzl ein solches »Glück« zuteil werden sollte, kann auch ich nicht geben. Die ganze Sache entwickelte sich in kurzen Worten ungefähr so: Der Hintereder von Beschlbach, allerorts bekannt als Heiratmacher, kam einmal zum Franzl und empfahl ihm die Viktorl aufs wärmste. Der Franzl – keiner von denselbigen, allwo das Gras wachsen hören oder etwa dabeigewesen sind, wie das Pulver erfunden worden ist – war nämlich gerade vom Bezirksamt heimgekommen mit seinen vierzehn braunen Tausendern, die ihm selbst diese hohe Instanz nicht aufwerten wollte. Er war kritisch bis auf die Leber, was gewiß nicht weiter wundernehmen wird, wenn man weiß, daß diese Tausender Erbgut und Erspartes waren und, wie alles Geld, in der seligen Inflationszeit dahingeschwommen sind, das heißt die Gültigkeit verloren. Für den Much-Franzl war so was unfaßbar, für ihn war ganz einfach Geld Geld. Die Wut von ihm kann man sich also leicht ausmalen.

Diese Tatsache war für den Hintereder das beste Sprungbrett.

»Franzl«, sagte er und schaute dem in das grantige Gesicht: »Unseroans werd oiwai ausg'schmierbt . . . Solang er lebt . . .« Und von dieser pomadigen Einleitung aus pirschte er sozusagen langsam auf seine Absichten hin. Nicht soviel, was Schwarzes unter einem Fingernagel ist, meinte er, sei Gutes am Bezirksamt und überhaupt an der Beamtenschaft und an der Regierung. Nicht einen Kreuzer Hoffnung ließ er dem Franzl in bezug auf seine

Tausender. Richtig in die kohlschwarze Verdrossenheit trieb er ihn mit seinem Gerede. Alsdann hatte er es leicht.
»Jaja«, sagte er, »schaug nu, Franzl! ... Do hilft dir gor nix mehr! I sog amoi sovui, wenn oana amoi a Bettlmo' is und hot an Charakta, der muaß schaug'n, daß er wieda auf a 'ra Roß kimmt ... I wenn du waar, i wüssert, wia i wieda zu mein' Sach' kaam.«
Der Franzl hob seinen gußeisernen Kopf und fragte interessiert: »Ja, wia nachha?« »A geldige Bauerstochta heirat'n, Franzl!« hatte der Hintereder sofort parat und gab auch gleich die Gebrauchsanweisung dazu, wie man eine solche erschnappen könnte: »Du schaugst dir s' a poarmoi o und beim dritten oder vierten Moi muaß' dei g'härn ... Brauchst bloß it nochloss'n.«
»Ja wia nacha dös ... It nochloss'n? ... Wenn's einfach it mog, wos konn i denn do macha?« zweifelte begreiflicherweise der Franzl, denn das ist doch wasserklar: Eine geldige Bauerstochter nimmt doch nicht einfach einen notigen Häusler und noch dazu einen buckelten.
Aber der Hintereder hatte seine guten Ratschläge alle zur Hand. Gleich nannte er die Kaltnecker Viktorl, weil er wußte, die war froh um einen. Und sofort gab er die einzig richtige Anleitung: »Beim dritt'n Moi muaß s' einfach dei g'härn!« Er zwickte sein rechtes Auge zusammen: »Do muaßt ihra an Stempi auf'druckt hob'n, verstehst mi denn it, dappiga Hos!«
Ja, der Franzl verstand jetzt. »Aha!« sagte er und lachte breitmäulig: »Aha, Fei'spinna, ja – ja, i här di scho geh!« Einen Augenblick dachte er nach und brummte alsdann mehr für sich: »Jaja, freili, freili ... So was gang scho ... Do muaß i hoit glei an Generalangriff macha, hahaha ...« Er lachte jetzt schon sicherer. Die Sache war ihm vollauf geläufig.
Jetzt, nachdem also größtenteils die Einigung erzielt war,

sicherte sich der Hintereder sein Schmusergeld. Das gab natürlicherweise noch ein hartnäckiges Hin- und Herhandeln, aber man wurde einig, weil ja der Heiratmacher auf »Ehr und Seligkeit« versprach, alles dreinzusetzen, um die Viktorl gefügig zu machen.
»Feit si gor nix!« sagte er ein um das andere Mal: »Dö muaß dei' g'härn ... Dös loß nu mei' Sach' sei ...«
»Aba a letz's Weiberts is s' hoit, d'Viktorl«, warf der Franzl ein.
»Letz?« entrüstete sich der Hintereder fast: »Wos! ... Letz is s' sogst? ... Host du vielleicht scho amoi a Kuah g'sehng, dö wo it letz is, wenns nia koan Stier it kriagt? ... Dera sein Letzsei' is glei austrieben, wenn s' amoi a richtig's Mannsbild derschmeckt hot ...«
»Jaja, oiso nachha pack ma's hoit«, war das letzte Wort vom Much-Franzl. Seine braunen Tausender waren vergessen. Er war halbwegs wieder aufgerichtet, alle Grantigkeit war weg. Nachdem sich der Hintereder noch einmal durch Handschlag die Auszahlung des Schmusergeldes gesichert hatte, wenn »es« – wie er sich ausdrückte – »geschnappt« habe, ging er. Auch er, das konnte jeder von hinten sehen, war zufrieden mit dem Handel.

II

Nur Zeit lassen. Die Geschichte hat noch verschiedene Verwicklungen, genau wie das Leben. Das rinnt auch nicht dahin wie ein gerader Bach.
Beim Kaltnecker in Reitmoning waren bloß die Bäuerin und die Viktorl. Der Kaltnecker selber verstarb 1920 an der Wassersucht und liegt in Rehmersdorf auf dem Gottesacker begraben.
Einer der größten Bauernhöfe ist der Kaltneckersche. Zwei Dirn' und zwei Knechte, ein Stallbub und zur Ernte-

zeit zwei oder drei Taglöhner arbeiten auf dem Hof. Außerdem hat die Kaltneckerin gleich nach dem Tod des Bauern jeweils einen Baumeister eingestellt, wie man den Verwalter nennt, der das Ganze dirigiert. Natürlicherweise, sie selber gibt das erste und letzte Wort dazu. In dieser Hinsicht hat es einen Haken mit ihr, denn die Kaltneckerschen haben »Haar' auf den Zähnen«. Streitteufel sind sie, die Bäuerin und die Tochter, nachgeben tun sie keinen Strichbreit, wenn sie was im Kopf haben. Es wird in der ganzen Gegend kaum eine schiechere Person geben wie die Kaltneckerin und darum heißt sie allgemein die »Hex von Reitmoning«. Daß von einer solchen Mutter eine ähnlich geratene Tochter kommt, brauch' ich kaum zu sagen.
Baumeister gehn und kommen bei der »Hex von Reitmoning« und der letzte, der Johann Nepomuk Ursinger aus der Passauer Gegend, war auch der längst Dienende. Er hat es fast einundeinhalbes Jahr ausgehalten. Plötzlich aber, kein Knecht und keine Dirne, kein Reitmoninger und kein Rehmersdorfer wollte es glauben, ist er einfach nicht mehr heimgekommen. In die Stadt war er mit dem Rad gefahren und drei Tage später hat ein Münchner Bekannter von ihm seinen Koffer abgeholt.
»Ja – ja, wo is s' denn jetz mit'n Hans? . . . Jaja, tja, wo is er denn hi?« fragten Kaltneckerin und Viktorl den umfänglichen Münchner.
»Auf Amerika . . . Er schwimmt scho!« war die Antwort.
»Wos, wos?! . . . A's Amerika!« fuhr da die Viktorl unvermittelt dazwischen und ganz seltsam blaß wurde sie.
»Ja . . . Und ausricht'n loßt er, ös sollt's ös enk guat geh loss'n!« meinte hinwiederum der saukalte Münchner und verzog sein Gesicht spöttisch.
»Der Lakl, der schlecht'!« verriet sich die Viktorl noch mehr und ging auf der Stelle aus der Stube. Die Kaltneckerin schimpfte auch auf den Davongeloffenen, meinte

aber zum Schluß ziemlich protzig: »Wega dem geh i aa it z'grund! ... Auf ünsern Hof geht gleich wieda oana her! ... Noch a 'ra solchener Baumoastastell laffe sie si d' Füaß o' ...«
Der Münchner sagte »Jaja« und kurz darauf lud er auf sein Sauwägerl den Koffer. Auf und davon fuhr er.
Die Vorderdirn erzählte, daß sie einmal, kurz nach diesem Vorkommnis eine ihr allerdings nicht recht verständliche Auseinandersetzung zwischen Bäuerin und Viktorl gehört habe, die aber sofort abbrach. Nach ungefähr einer Woche kam der Hintereder und es gab ein langes Verhandeln mit ihm in der Stube. Weiter weiß man keinen Pfifferling.
Nach wiederum vierzehn Tagen tauchte auf einmal der buckelte Much-Franzl von Rehmersdorf im Kaltneckerhof auf. Die Vorderdirn fragte ihn, als er wegging: »No, wos is's Franzl, werst du glei gor Baumoasta bei uns?«
»Ja, kunnt scho sei ... Kunt scho sei!« sagte der Franzl verschloffen und lachte ein wenig. Aber nach wieder vierzehn Tagen wußten es die ganzen Kaltneckerschen Ehehalten: Da lauft ein neuer Bauer ins Haus.
Seltsam, seltsam – der Hintereder, ein Bazi wie er im Buch steht, hatte ganz und gar recht gehabt. Die Viktorl war gar nicht so letz beim dritten oder vierten Mal. Wie an einem schön gezogenen Schnürl lief alles ab.
»Lang hot 's scho dauert, bis's g'schnappt hot und a Watschn hot s' ma aa geb'n, d'Viktorl, wia i zuadringli word'n bin im Holz drinna ... Aba wia i nacha net nochgebn hob, is s' scho handsamer word'n«, erzählte der Franzl dem Hintereder nach dem betreffenden vielwichtigen dritten oder vierten Mal. Der Schmuser rieb sich die Hände und war ganz alert.
»Gell! Gell ... Wos hob i gsogt, Hos dappiga! ... I sog ja, ös junga Kampi seid's scho gor nix mehr aa ... Enk muaß ma 's Wild scho direkt vor's G'wehr treibn und

nachha traut's enk nu net z'schiaßn!« spöttelte er. Mit Ach und Krach preßte er aus dem Franzl die Hälfte seines Schmusgeldes heraus.
Aber der Kaiser Napoleon hat schon gesagt, was sich so leicht anläßt wird mittendrin steinhart. So ging es auch mit dem Much-Franzl und der Viktorl. Nämlich, ich sage es gradheraus, die Fleischeslust ist was Höllisches, aber wenn du sie einmal erschmeckt hast, läßt sie dich nicht mehr aus. So wenigstens lernt man es in der Christenlehre und wahr ist 's, ganz und gar wahr.
Leicht gewonnen, überlegte sich 's der Franzl und schloß: Also weitergemacht. Er rechnete aber nicht mit der Viktorl und ihrerne Watschn.
»Letz is s', sakrisch letz!« berichtete er dem Hintereder und malte ihm aus: »Wenn i hingreif, haut s' her und dös wia . . . Z'erscht werd g'heirat sogt s'!« Kein sehr gemütliches Gesicht machte er dabei.
»Ja no! . . . Dö werd scho, wenn s' amoi neba dir an Eh'bett liegt . . .«, wollte ihn der Hintereder trösten.
Hingegen, der Franzl hatte schon ein bißl genug von der Letzheit der Viktorl.
»Bei dera, moan i, kriag i nu Prügl, wenn i Baur bin«, sagte er kleinlaut. Und weil er gar nicht aufhörte zu jammern, meinte der Hintereder resolut: »Nachha muß ma s' einfach von dera Krankheit aa no kuriern, d'Viktorl . . . In Gottsnam, i will 's macha, daß a Ruah is . . . Aba dös sog i dir, Franzl, wenn i dös g'macht hob, nachha werst ma mei Geld geb'n, Bazi, elendiga . . .«
»Ganz g'wiß«, versprach der betrübte Franzl, und neugierig, wie so junge Hochzeiter schon sind, fragte er kleinlaut: »Ja wia mächst jetz dös wieda o'packa, Plaana, siebngscheiter?«
»Do konn ma nix macha, ois ihra an Drapf gebn«, sagte auf das hin der Hintereder und machte ein ernsthaftes Gesicht.

Das aber brachte dem Franzl doch wieder allerhand Zweifel in den Kopf.
»Sog du a 'ran Weiberts, daß's letz is«, murmelte er: »Glaabst d', daß d'Viktorl zon Drapfnehma kriagst ... Do, moan i, beißt's aus ...«
»Is 's wia's mog – i wüßt koa bessers Mitt'l it ... Und wia ma d'Viktorl dazua bringa, dös sell loß nu mei Sach' sei«, schloß der Hintereder.
»No oiso!« sagte der Franzl: »Mir konn's rächt sei.«

III

Jetzt aber trieb es den Hintereder herum wie einen angeschossenen Hirschen. Er machte mitunter ein elendiges Gesicht und überlegte hin und her. Beim Kaltnecker machte er einmal einen Besuch und es ging ihm gut, er traf die Bäuerin allein.
»No«, sagte sie grob, »wos is 's, oita Sautreiba ... Wos treibt die denn scho wieda rum zu üns?«
Der Hintereder kratzte sich bedenklich an der Schläfe.
»Red hoit, daß ma woaß wia ma dro is!« fuhr ihn die Bäuerin abermals an.
»I moa oiwai mit der Viktorl konn's der Teifi derreit'n«, meinte endlich der Schmuser.
»Wia dös? ... Mächst eppa scho wieda a Geld? Plaana, schlechta!« fing die Kaltneckerin schon wieder zu brummen an. Nachdem er es soweit gebracht hatte, daß der Franzl Hochzeiter machen wollte, erhielt der Hintereder hundert bare Mark. Zweihundert waren ausgemacht, aber erst nach vollendeter Heirat – und jetzt, jetzt kam der Bazi schon wieder, und grad war es, als wenn er schon wieder was wollte.
»Nana, na – na«, lenkte jedoch der Hintereder ein: »Vo dem is koa Red, na – na, Kaltneckerin ... Vo dem red't

ma net, aba Herrgottsakrament – i sog's grod raus, dei Viktorl is a gräuslige Beißzanga! ... Der Franzl sogt, hundsletz is zu iahm ... Und jed'smoi haut s' 'n, wenn er guat sei wui zu ihra ...«
Die Kaltneckerin zog dicke Stirnfalten: »Dös werd' scho dös rechte Guatsei' sei, moan i! ... Der werd hoit oiwai in oan Trumm greifa ming, der zaundürr' Gockel ...« Das letztere galt natürlich dem Much-Franzl. Jedoch der Hintereder verstand keinen Spaß heute und machte die eindeutigsten Ausführungen, indem er auf den Zustand der Viktorl hinwies. Ganz frech wurde er.
»No, wennst ös mit ihra alloa ausmacha mächtst, nachha gehst hoit und probierst ös«, riet ihm die Kaltneckerin, und gleich stand der Hintereder auf und ging. Draußen, auf dem vorderen Leitenacker, beim Kartoffel-Legen fand er die Viktorl mit den Ehehalten. Er blieb auf der Straße stehen, winkte ihr mit seinem Gehstecken, sie verstand's auch gleich und kam auf die Straße. Hinter dem vorderen Leitenacker geht das Holz an.
»Du«, sagte der Hintereder zur Viktorl und machte ein Gesicht wie ein drohender Schullehrer: »Mit dir hob i wos z'red'n ... Geh nu a bißl mit a's Hoiz eini, i hob it vui Zeit ...« »Wos nachha?« fragte die Viktorl kaltneckerisch.
»Geh nu weita ... Dös mach ma unta vier Aug'n aus und it mittn auf da Straß' ... vor oi Leut'«, blieb der Hintereder bei seiner schroffen Tonart. Er war kein schlechter Weiberkenner und wußte, nachgeben war da das ärgste, hart hieß es da zugreifen. Also gingen sie erst eine Zeitlang auf der Distriktsstraße, die durchs Holz führt und alsdann bogen sie ins Dickicht ab.
»Geh'ng ma dö Leut a bißl aus'n Liacht«, meinte der Hintereder bei dieser Gelegenheit: »Dös sell, wos i sog'n muaß, is it für an jed'n ... Geh nu weita!«
»No, wos is's denn nachha? Jetzt red hoit amoi«, begehrte jetzt die Viktorl auf.

»Schreit it so laut, dappige Kuah«, knurrte sie der Hintereder an und packte endlich, als sie im Dickicht, neben einem riesenhaften Feichtbaum standen, mit seiner Weisheit aus. Ganz klein redete er die Viktorl, sie kam nicht mehr auf gegen ihn. So gut wie aus wäre es mit dem Franzl, denn ein Hund sei derselbe dann noch nicht, meinte er, und wenn auch die Viktorl ein um das andere Mal keck sagte: »I bin do koa Handtuach, wo er si jedsmoi ob'schmierbn konn ... I mog einfach it! ... I mog it! Z'erscht muaß gheirat sei!«, der Schmuser kam gar nicht aus seiner Fassung und sagte auf einmal: »Wos is's denn nachha mit den selln Baumoasta g'wen, han? ... Gell, den bist ganz handsam zuariganga! ... Wennst it besser werst zum Franzl, nachha muaß i's iahm hoit verzähln, wos er für an Vata macha soit ...« »Und dafür hot ma dir hundert March zoit!« warf die Viktorl hin.
»Na, dofür it!« fuhr ihr der Hintereder übers Maul: »I tua mei Pflicht und Schuldigkeit! ... Do konn mir koana wos nochsog'n! Aba, wennst du mir grod dagegn erbat'st, nachha san dö hundert March hi! ... Na garantier i für nix mehr!«
Es ging scharf zu zwischen den zweien. Eine ganze Zeitlang. Der Hintereder drohte immer wieder und schließlich war die Viktorl soweit, wie er wollte. Jetzt fand er bessere Töne.
»Sei doch it gor a so dappi, Viktorl!« redete er ihr beiläufig zu: »Heuntzutog macht ma si's kammod mit'n Heiratn ... Der Franzl is it unrecht und du host dei'n frei'n Laaf bei iahm ... Der spannt ja do nix!«
Und – seltsam – immer noch freundlicher wurde er. Der Viktorl ihr gutes Gestell lobte er, und daß sie recht geschmach sein könnte und für ein Mannsbilderherz und für ein Mannsbilderaug – – also mit einem Wort, im Dickicht war's und mit der Kaltnecker-Viktorl konnte einer schon umgehen.

»So«, sagte der Hintereder, als sie auf der Distriktsstraße auseinandergingen: »Viktorl, folg mir, sog i! . . . Wennst'n amoi an Eh'bett host, konnst wega meina macha, wost mogst, aba jetz bist no brav zu iahm . . . Sünst –« und er hob dabei seinen Gehstecken scherzhaft drohend, »sünst muaß i iahm a Liacht aufzünd'n . . . I sog dir's in guat'n . . .« Er zwickte sein rechtes Auge listig zusammen und lachte, auch die Viktorl lachte.
»I bin gor it a so! . . . I konn ja dem Brot'n amoi wieda zuasprecha, wennst moanst!« meinte der Hintereder lustig und: »Plaana, misrabliga!« sagte die Viktorl und gab ihm einen gutgemeinten Renner. Sie ging rückwärts, er vorwärts . . .
Richtig, richtig, es mußte ein Drapf gefallen sein, wenngleich der Much-Franzl nichts davon gespannt hatte.
»Ja, du!« belehrte ihn der Hintereder etliche Tage nach seiner Zusammenkunft mit der Viktorl: »Du bist ja kern-g'sund . . . Du brauchst freili it aufpass'n, daß a Drapf is . . . Aba i! . . . Wos glaabst, wia i bet hob, daß oana kimmt . . . Und unser Herrgott is a guata Mo' . . . Dös sell muaß i scho sogn . . .«

Wie er allerdings die Viktorl zum »Drapfnehmen« gebracht hatte, das sagte er nicht, der Hintereder von Bleschlbach. Da half dem Much-Franzl das ganze Fragen nichts. Er war aber zufrieden. Gewirkt hatte die Kur, ausnehmend gut gewirkt. Die Viktorl war absolut nicht mehr so wax zu ihm. Seltsam zugänglich war sie geworden.

Der Pfarrer konnte es verkündigen: »Zum heiligen Sakrament der Ehe haben sich versprochen der ehrengeachtete Jüngling Franz Much von Rehmersdorf, Häusler dortselbst, und die ehr- und tugendreiche Jungfrau Viktoria Kaltnecker, Bauerstochter von Reitmoning . . .«
Seither schwört der Much-Franzl auf die Heilkraft des

»Drapf«. Solche Schmuser, wie der Hintereder, kann man aber auch lang suchen. Braucht also nicht wundernehmen, daß er für seine aufopfernden Bemühungen sein Geld gekriegt hat – vom Franzl und von der Kaltneckerin.

DER RATZ

In unserer Pfarrei hört man jetzigerzeit noch manchmal das nette Schnadahüpferl, das wie ein Motto auf diese Geschichte paßt. Es heißt:

»Deandl, di mog i,
auf di' gib i acht
und du host a Guraschi,
a Schneid bei da Nocht.«

Beim Marterer von Hinterweinting sind zwei Weiberten im Haus gewesen: Dem Bauern seine Alte und die Dirn Gretl. Letztere ist von der Deggendorfer Gegend her gewesen, hat brandrote Haar gehabt und einen Kopf auf wie ein roter Luftballon, wie ihn die Kinder auf den Dulten kaufen. Mit ihrer Arbeit hat man zufrieden sein können und das wollte beim Marterer was heißen, denn da mußte eins anschieben und rackern wie ein junger Zugochs.

Aber halt die zu gesunden Weiberten, und die roten noch dazu!

Schon wie die Gretl eingestanden ist, hat der Marterer zu seiner Alten gesagt: »Dö moan i, derf man net vui rastn lossn, sünst kimmts auf anderne Gedankn.«

»Jaja, schaugt ganz a so her«, bekräftigte die Marterin ebenso, die für derartige Mutmaßungen immer gute Witterung hatte. Außerdem war sie eine Beißzange, die Bäuerin.

Indem, daß man also sozusagen die Gefahr in bezug auf die allzu gut gestellte Körperlichkeit der Dirn im Martererhause vollauf begriff, richteten sich Marterer und Marterin darnach. Rackern ließ man sie, nichts wie rakkern.

»Do vergeht ihra da Übermuat«, meinte der Marterer.
Trotzdem – selbigerzeit richteten gerade die Monteure vom Loisach-Kraftwerk das Elektrische ins Haus – schon fings mit der Gretl zu spuken an. Gleich ging was zwischen ihr und dem Monteur, namens Holzschneider-Toni. Gleich spannten es die Bauersleute. Schon fing die Martererin das Benzen an. »Hiasl«, sagte sie jedesmal vor dem Bettgehen zum Bauern, »Hias, dö hot an Kerl drobn ... I wett mein' Kopf, sie hot an Montär drinn' ...«
Zuerst war's dem Marterer gar nicht recht, dieses Benzen.
Selbstredend, er war grad nicht so bigott wie seine Alte, aber auf Ordnung in seinem Haus gab er was. Andernteils aber war es mitten in der ärgsten Heuarbeit und heutigen Tags ist 's nicht mehr so wie früher. Jetzt steht eine Dirn oder ein Knecht oft mitten im Jahr aus und wartet nicht mehr den Lichtmeßtag ab. Krach gibt's und hinwirft der Dienstbote alles, auf und davon geht er. Die Gretl aber war eine zu gute Arbeiterin.
»A so a Drecksau werd s' net glei sei«, wehrte also der Bauer alle Verdächtigungen der Bäuerin ab und meinte natürlicherweise mit der Drecksau die Gretl. Aber die Martererin ließ nicht locker. Jeden Tag benzte sie noch mehr in ihren Alten hinein.
»Härst ös! ... Härst ös! ... Dö hot oan drobn, sog i!« sagte sie wieder einmal und wirklich, man hörte ein deutliches Gepumper in der Dirnkammer.
»Ah!« wollte der Bauer schon wieder ausweichen.
»Jetz werd's bessa!« fing aber auf das hin die Bäuerin ganz und gar kritisch an: »Dös is ja direkt schandmassi, sowos! ... An soichern Saumensch muaß ganz einfach 's Handwerk g'legt werdn! ... Scham di, Hiasl! ... Fürcht'st dir denn gor it Sündn! ... In ünsern Haus a solcherne Menscherwirtschaft!«
Der Marterer hatte sich schon die Hose herabgezogen,

saumüd' war er und wollte seine Ruhe haben. Er sagte kein Wort. Das hingegen brachte die Bäuerin erst recht in Hitze.
»Wos! . . . Du willst no nix macha?« gurrte sie ihn an und ging resolut auf die Tür zu: »Nachha geh einfach i nauf und wirf ihrern Saukerl raus!«
Und das war jetzt schon zu arg.
»Bleib do, sog i! . . . I geh scho!« brummte der Bauer und zog seine Hose wieder hinauf. Grimmig packte er den Ochsenziemer und rannte geradewegs in die Dirnkammer hinauf. »Himmiherrgottsakrament-sakrament!« bellte er und riß die Tür derselben auf, aber direkt der Ochsenziemer fiel ihm aus der Hand von dem, was er sah. Die Gretl plärrte wild auf und rumpelte auf ihr Bett zu. Bloß im Hemd war sie, und wie sie jetzt ins Bett hüpfte, das war allerhand Unkeuschheit.
»Wos is's denn?« brachte endlich der Marterer heraus und zog sich schon wieder auf die Tür zurück.
»Wos? . . . Nix is's, Sauteifi, schlechta!« schimpfte die Gretl gerechterweise entrüstet und wickelte sich schamhaft in ihre Bettdecke. Denn daß ein Bauer mitten in der Nacht in die Dirnkammer will – und wenn er's auch noch so seltsam und noch so anders auslegbar angeht – da gibt es doch bloß *einen* Grund.
»Dös is a Schand!« plärrte also die Gretl und drückte durch das sozusagen den Schuldstempel unkeuscher Absicht dem Marterer vollends auf: »A Ratz laaft scho vier Tag unter mein'n Kastn hin und her, Huarnstingl, schlechta! . . . Wart nu, dös sog i scho der Bäurin, du Saukerl, du dreckiger!« Den richtigen, den echten, scheinheiligen, weibermäßigen Jammerton hatte sie. Der Marterer wurde ganz kleinlaut dabei.
»Herrgott! Herrgott, is dös aba letz! . . . Nana, Gretl, nana, ganz g'wiß it – i hob dir ganz g'wiß nix wuin!« brummte er verspielt, und schon war er draußen. Am

Hall seiner tappenden Schritte konnte es die Gretl spüren, daß er sich bis auf die Nieren schämte. Die Dirn lachte verkniffen in sich hinein. Sie luste noch ein wenig und schwang sich wieder aus dem Bett. Hinlegte sie sich wieder auf den Boden, den Hintern in die Höhe – arschlings aufwärts, wie man so sagt. So, wie sie der Marterer gesehen hatte, kauerte sie da. Wirklich, grad so sah es aus, als wie wenn sie dem Ratz unter ihrem Kasten wieder von neuem zusetzen wollte. Und wie sie jetzt das eine Ohr fest auf die Bodenbretter drückte, hörte sie in der Marterer-Ehekammer das Schimpfen ganz deutlich.
»An Dreck hot 's, damische Kuah, damische!« belferte der Bauer auf seine Alte ein: »Nix ois wia a Ratz is unter ihrern Kastn! Dös is dös Ganz'! ... Direkt Sünd'n muaß ma si färchtn vor ihra! ... Gmoant hot s', i wui zu ihra eini! ... I mach d'Tür auf und siehch dö ganz' Unkeischheit vo ihra! ... I hob koan Kerl it gsehng, dappigs Luada, dappigs! Und jetzt muaß amoi a Ruah sei, daß d' ös woaßt!«
Die Gretl lachte noch ärger. Freilich drückte sie das Maul fest zu dabei. Aufstand sie alsdann und machte das Fenster auf. Und dem Holzschneider-Toni, der bis jetzt mit zurückgehaltenem Schnaufer auf der Leiter gewartet hatte, lispelte sie ins Ohr: »Geh nu eina jetz! Mach schnell! ... Do kimmt koana mehr auffa, für dös is g'sorgt!« Alle zwei lachten kichernd.
Da sollte jetzt nicht darauf passen: »Und du host a Guraschi etcetera ...«

HILFSLEHRER WABENDORFERS MISSGESCHICK

I

Seitdem die Pfarrei und Gemeinde Leutach unter finanzieller Beteiligung ihrer Mitgemeinden Murling, Mittelbach und Laufenham ein neues Schulhaus erbaut hat, sind dort außer dem alten Hauptlehrer Lingl zwei neue Lehrerinnen und ein junger Hilfslehrer namens Alfred Wabendorfer. Derselbige ist Sohn eines Majors aus München und redet trotz seines heißen, gegenteiligen Bemühens ziemlich hochdeutsch, wahrscheinlich weil seine Leute aus dem Preußischen stammen. Sein meister Ehrgeiz besteht darin, möglichst volkstümlich zu sein, und er hat es in dieser Hinsicht auch schon sehr weit gebracht. Kein einziger Mensch hat mehr einen Respekt vor ihm und insgeheim lacht ihn die ganze Umgegend aus. Indessen – Wabendorfer ist unverzagt und zeigt gar keinen Stolz. Er mischt sich unter die Leute und macht jede Lustbarkeit mit. Er spielt, wenngleich das mit verschiedenen Unkosten verbunden ist, selbst mit den abgefeimtesten Tarock- und Schafkopfspielern wie ein Alter. Sogar das Pfeifenrauchen hat er sich in der letzten Zeit angewöhnt. Es wird ihm freilich nachher immer schlecht, aber anmerken läßt er sich's nicht. Der neugegründete »Volkstrachtenverein Leutach und Umgebung« verdankt einzig und allein der rührigen Initiative Wabendorfers sein Entstehen und erfreut sich infolge seiner vielartigen lustigen Umzüge und Veranstaltungen des regsten Zuspruchs. Eins freut den Hilfslehrer stets besonders, nämlich wenn bei solchen Gelegenheiten, wo es ja mitunter sehr bierhohe Stimmungen gibt, dieser oder jener Bursch ihn per »Du« anredet. Das bleibt aber zu Wabendorfers Leidwesen nicht so. Im allgemei-

nen duzt nur er, während sich unsere Leute nicht dazu hinauflassen und stets wieder »Sie« zu ihm sagen. Des Hilfslehrers Versuche, ihm gegenüber den »Du«-Ton einzuführen, kosteten schon verschiedene Maß Freibier und die Wirkung war noch nie von längerer Dauer.
Wabendorfers Hauptbestrebungen zielten von Anfang an darauf hin, die alten Volksbräuche wieder zu beleben. Mit geradezu fanatischem Forschereifer suchte er sich bei Burschen und Bauern über Art und Wesen solchen »Brauchtums« zu vergewissern. Die wertvollsten diesbezüglichen Aufschlüsse aber gab ihm der Schleizinger-Hans von Leutach, welcher die Gärtnereiarbeit im Schulhaus verrichtete.
»Und wi–a ist nun das mit'm Fensterln?« erkundigte sich Wabendorfer eines Tages beim Hans im Garten ganz heimlich.
»Dös?« belehrte ihn der Hans, indem er sofort auch einen etwas gedämpften Ton anschlug: »Dös is a so, Herr Lehra – wenn oana auf a Mensch an Aug' hot und konn net zu ihra, nachha nimmt er auf d'Nacht o Loatan und steigt auffi zu ihra . . .«
»Ein Mensch? . . . Du meinst einen Schatz – ein Schatzerl, ein Di-andel?« fragte der Wabendorfer interessiert.
»Wia i g'sogt hob, Herr Lehra, a Mensch oda a G'schoos – noja, a Trumm Weiberts hoit«, versuchte es der Hans auszudeutschen und linste den Hilfslehrer listig an: »– und auf dö wo Sie an Aug' hob'n . . .«
»Soso, also eine Liebschaft?« sagte der Wabendorfer schnell drauf.
»Han?«
»Ich meu-eune, eine Liebschaft auf dem Land?« wiederholte der Hilfslehrer.
»Jaja, so wos!« bekräftigte der Hans endlich und fragte: »Dös werd's ja a da Stodt drinna aa scho gebn, moanat i . . . Do kriagt ma's ja sogor kaafta . . .«
»Wie?« besann sich der andere und versuchte etwas zu

buchstabieren: »Jaja, natürlich, freilich, jaja, in der Stadt gibt's natürlich auch Liebschaften – aber das Fensterln gibt es da drinnen nicht.«
»Jaja, weil ma s' do drinna aa kaafta kriegt«, blieb der Hans beim Thema.
»Ka-kaafta-kafta?« wiederholte sich's im Munde des grübelnden, forscherischen Hilfslehrers: »Kafta? . . . Wie das?«
»Han?« stellte sich der Hans dumm, und weil er seine Auskünfte in eine solch auffällige Länge zog, gab ihm der Wabendorfer eine Zigarre, was sofort einen Umschwung hervorrief. Der Beschenkte musterte und drehte das Geschenk hinum und herum, roch dran und schaute bereits viel einnehmender drein.
»Dö moan i – dö war hübsch teir, Herr Lehra?« fragte er legerer.
»Kafta?« verlangte dieser etwas ungestüm Auskunft.
»Soso! . . . Jaja, freili werd s' da Herr Lehra kaaft hobn – oda is's eppa von Herrn Vatan oane? – Hot er s' gschickt vo da Stodt raus?« verblieb der Hans bei der Zigarre.
»Kafta!« rief Wabendorfer abermals und gab ihm noch eine Zigarre.
»Jaja – i glaab's scho aa, daß's si da Herr Lehra nix schenka loss'n! . . . San s' eppa vo Sessenbach aussa, dö Zigarrn?« meinte der Hans leicht angefreut und steckte die zwei Zigarren nach abermaliger Musterung umständlich in seine Joppenbrusttasche: »Dö wer i mir auf d'Nacht übaleg'n . . . Feirabnd, wenn ma a Ruah hot, is so wos wos Feins . . .«
»Das Fensterln macht man also nur bei Nacht bei seinem Di-andl?« fragte der Wabendorfer weiter und gab die Aufklärung bezüglich »Kaafta« auf: »Da gehört also eine Leiter dazu und der Bursch steigt hinauf?«
»Ja, ja scho . . . Es braucht ja grod it dö sei z'sei . . . A diam macht ma si' an Jux und fangt an andern oane weg

mit'n Fensterln ... Dös kimmt ganz drauf o, wias 's Mensch hergeht«, führte der Hans aus: »Wenn man net noch gibt bei dö Weibert'n, san s' oft recht handsam ...«
»Soso ... jaja«, machte der Wabendorfer und begriff langsam. Der Hans gab ihm auch noch weiterhin bereitwilligst Auskunft. Er hatte die ganze Zeit ein schelches Lachen auf seinem Gesicht und fragte zuletzt vertraulicher: »Hob'n der Herr Lehra vielleicht eppa oana derspecht, bei dera wo's a leicht's G'spui is?«
»Ge-ge-spu-i!?« wiederholte der andere schon wieder so seltsam, aber weil der Hans gar so ein eindeutiges Blinzeln hatte, begriff er halbwegs und erwiderte etwas eilsamer: »Nein-nein ... Ich hab's bloß wissenschaftshalber gefragt – aber so ein gesundes Landdi-andl – – –«
»Tjaja, ös san feste Brockan bei üns umanand ... Do feit si nix, Herr Lehra! ... Und wenn a so a feina Herr wo o'klopft, do moan i, gang's leicht«, schloß der Hans vielsagend, und richtig volkstümlich dankte ihm der Wabendorfer mit einem kräftigen: »Vergelt's Gott, Hans ...«
Er schien vollauf über Wesen und Art des Fensterlns Bescheid zu wissen.

II

»Ja–ja! Ja, sog i! ... Ois is g'richt ... Oi zwoa steh'nas do!« rief eine gedämpfte Mannsbilderstimme ein wenig ungeduldig: »Ja, sog i!«
»So ... Ja no, nachha is's scho guat!« gab eine andere ebenso Antwort.
Vor dem Galloth-Haus in einer finsteren, trockenen Nacht war's. Ganz Murling schlief schon. Noch einmal untersuchten der Schleizinger-Hans und der Wimlinger-Simmerl ihre Arbeit. Die lange Leiter lehnte waagrecht am hohen Prügelhaufen an der Hauswand, so unverdächtig, als lehne sie da jeden Tag. Die zwei mit Odl gefüllten

Mistkarren standen hintereinander im weichen Pflanzengartenbeet, hinter den Weinbeerl- und Stachelbeerstauden.

»Aba wenn er jetz von Moar umakimmt?« lispelte der Hans und schaute über die scharf auf die Galloth-Hausecke zulaufende Hecke: »Wenn er vo drent rumkimmt, muaß er über'n Pflanzgart'n und foit üns scho ehvor eini . . .«

Auch der Simmerl überprüfte diese Möglichkeit. Drüben, kaum zwei Sprung weit weg, stand der Moarhof und zeigte seine hintere Seite mit dem Tennentor und der Auffahrt dazu.

»Ah, der traut si doch net durch a'ran fremd'n Gartn«, beruhigte der Simmerl und setzte hinzu: »Jetz geh weita! . . . Nix wia nei unter'n Heckenzaun . . .«

Die zwei zogen sich schleichend zurück und waren auf einmal verschwunden. Still, ganz still blieb's eine ziemliche Zeit.

»Bst«, tat's unter der Hecke und jetzt wurden vorne auf der Straße leise tappende Schritte vernehmbar, kamen näher und hörten auf einmal auf. Ein mittelgroßer Bursch blieb im Dunkel vor dem Galloth-Haus stehen und schaute wandaufwärts. Er machte abermals etliche Schritte und griff am Boden herum, faßte die Leiter an und richtete sie mit größter Mühe auf. Er stellte sich gar nicht so dumm, bloß einige Kratzer hörte man und das obere Leiterende lehnte seitwärts am droberen Fenster. Der Bursch wartete wiederum und luste eine Weile.

Drüben, an der Hausvorderwand, beim Moar, bellte der Harras etliche Male auf und der vom Limmlinger hinten machte es ihm nach. Allmählich aber wurde es wieder still. Der Bursch fing vorsichtig an, aufwärtszusteigen. Bei jeder zweiten Sprosse lauschte er von neuem. Ruhig blieb es im ganzen Dorf. Er kletterte hastiger und war endlich am droberen Fenster.

Dem Simmerl kam plötzlich ein lauter Wind aus.
»–tsakra!« lispelten er und der Hans gleichzeitig unter der Hecke. Der Bursch auf der Leiter blieb stockstumm und lugte forschend in die Tiefe. Nichts, gar nichts Verdächtiges entdeckte er. Endlich klopfte er an die Fensterscheibe, ganz leise, furchtsam fast, dann – nach einigen Schnaufern – etwas fester. Still blieb es drinnen, still auch draußen, still ringsherum.
Er klopfte wiederum, schon viel kühner – und »Zenzi! Zenzi! Zenzi, ich bin's! ... Ich bin's, mach' auf, Zenzi, komm, mach' auf!« sagte er halblaut. Drinnen knarzte die Bettstatt. Der Bursch schob seinen Kopf an die Scheiben und schaute ins Dunkle: »Zenzi, Zenzi, ich hab mich getraut, Zenzi! ... Ich hab mein Wort gehalten!« Er bekam jetzt mehr Eifer. Er hörte nichts mehr, klopfte und brummte immer wieder das gleiche. Der Hans und der Simmerl konnten aus der Hecke kriechen, ihr entlang, indianerhaft immer wieder innehaltend, bis auf die Straße. »Jetz! ... Härst ös! Här'!« keuchte der Simmerl und stand schon: »Här! ... Haut scho!« Auch der Hans schnellte auf.
Die Fenster schepperten, ein wüstes Gebell von einem Weibsbild gellte durch die stockstille Nacht. Die alte Gallothin, bekannt als drachenmäßig, schimpfte auf den Fensterer los wie eine leibhaftige Furie.
»Sauhammi, Huarnstingl, mistiga! Lackl, dreckiga!« hörten Hans und Simmerl und ein Gepolter folgte, im Dunkel sahen sie, wie der Bursch die Leiter eilsam abwärts kletterte, immer und immer wieder verfolgt vom schandmäßigen Plärren der Alten, und auf einmal tat er einen erstickten Aufschrei: »Tsch–tsch–sst!« rauschte es von oben herab aus dem Fenster. Der volle Nachthafen war's, dessen Inhalt dem Burschen direkt über Kopf und Gesicht sauste. Er keuchte, schrie und spie und flog über die letzte Leiterhälfte. Die Hunde vom ganzen Dorf bellten,

der Galloth riß in seiner Ehekammer das Fenster auf, und vorne auf der Straße schlugen der Hans und der Simmerl einen Heidenlärm.

»–tsakrament – sakrament, der muaß hi sei! . . . Den stich i pfeilgrod o wia'r a Sau! . . . Tua 's Messa aussa, Simmerl, der muaß hi sei! . . . He, he!« schrie der Schleizinger-Hans mit verstellter Stimme und machte etliche resolute Schritte. »Den murks' ma o! He! He, Bürscherl, windigs, he!« plärrte der Simmerl ebenso, und wiederum traten die zwei fest auf.

Mit wildem Entsetzen sauste der Hilfslehrer Wabendorfer über die Weinbeerl- und Stachelbeerstauden, direkt in einen vollen Mistkarren platzte er und schrie wiederum auf – schon fast so wie ein zusammenbrechender Stier im Schlachthaus.

»Wos is's denn! Himmikreizherrgottsakramentsakrament? Hundling, misrabliga!« erdröhnte jetzt auch die bassigharte Stimme vom Galloth, aber man hörte bloß noch einige weinerliche Wimmerer und das Springen über den Heckenzaun. Der stinkende, blutende, schlotternde Hilfslehrer Wabendorfer rannte durch den Moargarten wie einer, dem die leibhaftige Angst lawinengleich nachrollt. Über den Zaun setzte er wie ein Hund und fiel glatt auf die harte Straße. Liegen blieb er und weinte.

»Jetz weita, geh weita . . . Jetzt kimmt erst 's Derbarma!« sagte der Simmerl zum Hans, und das rebellisch gewordene Galloth-Haus ließen sie hinten, weitergingen sie, eilsam weiter, über die Straßenbiegung, am Moargarten entlang in der unverdächtigsten Unterhaltung gemütlicher Wirtshausgänger.

»Und i sog amoi sovui, da Volkstrachtnverein is was schöns! . . . Da Wabendorfa macht sei Sach' guat«, sagte der Wimlinger-Simmerl versteckt kichernd.

»Jaja, dös muaß ma iahm loss'n«, antwortete der Hans, brach aber plötzlich ab.

»Uh-hw, uh-hw!« stöhnte es ganz in ihrer Nähe.
»Do, wos is denn dös, do!« sagte der Simmerl ganz anders und schrie ins Dunkel: »He? ... Wer is denn do? ... Wos is 's denn?«
Schon stießen sie auf den Wabendorfer, der sich eben wieder aufrichten wollte.
»Wer is 's denn? ... Is wos passiert?« fragte der Schleizinger-Hans mitleidig interessiert, und er und der Simmerl beugten sich nieder und halfen dem Hilfslehrer auf.
»I-i-ich bin's, ich ... der Wa-abendorfer, ich!« stotterte es den zweien entgegen.
»Herrgott! ... Tja, Herr Lehra, jajaja um Gottswilln, ja, wos is denn passiert mit Iahna?« fragte der Hans vertraulich: »Sie bluatn ja und stinka tean S' wia a ganze Odlgruab'n ... Wos is denn jetz dös?«
Die zwei hielten den patschnassen, wimmernden Kerl wie barmherzige Samariter und redeten ihm kameradschaftlich gut zu.
»Nichts-nichts-ni – –« wollte der Wabendorfer erst ausweichen, aber schließlich und endlich erzählte er den zwei Mannsbildern doch sein ganzes Unglück. Freilich, er log allerhand herum und keiner fragte weiter darnach. Das vom Nachthafen beispielsweise erzählte er nicht, wenngleich er sich ein ums andere Mal übergeben wollte und fürchterlich würgte.
»Aber bitte, bitte, bitte, meine Herren«, verfiel er plötzlich in einen ganz offiziellen Ton: »Bitte, nichts sagen! Um Gotteswillen, lassen Sie nichts verlauten – ich, ich zeig mich gern erkenntlich, Herr Hans!«
»Na-na, jetz dös tat i gor nia net, na-na, Herr Lehra, do feit si scho gor nix! Mir sand stad ... Da Herr Lehra hob'n si oiwai no ois a feina Mo' zoagt ... Dös sell woaß i am best'n«, brummte der Hans scheinheilig und gab dem Simmerl einen Renner.
»Da, da, rechts hinten ... Bitte, Hans, da ist mein Porte-

monnaie!« wimmerte der Lehrer: »Bitte nehmt 's euch, aber bringt mich wenigstens heim, bitte!«
Und der Hans fand den Geldbeutel und tat allerscheinheiligst bescheiden. Grade das wirkte am meisten. Bare fünfzehn Mark und an die dreiundvierzig Pfennig leerte der Wabendorfer auf Simmerls Hand.
»Ja-ja, dös is's z'vui, dös is's z'vui, Herr Lehra, – aba mir sogn hoit vergelts Good, Herr Lehra, vergelts Good ... Und jetzt gehnga S' nu weita, mir kemmo scho hoam!« beschloß der Simmerl die Szene.
Ja, sie brachten ihn heim nach Leutach, den Wabendorfer. Sein volkstümlicher Sinn hat durch dieses Erlebnis einen großen Riß bekommen, seither ist er nämlich arg mißtrauisch in bezug auf die Aufklärung von »Art und Wesen alter Bräuche« und vor der Galloth-Zenzl schämt er sich jedesmal. Die ist nämlich dem Simmerl die Seinige.

»VEDDA LINGLING«

In Putlfing, gutding zwei Stunden hinterhalb des umfänglichen Pfarr- und Gemeindedorfes Antelsbach, ist der Muggenthaler-Peter Kramer im Dorf. Zigarren und Zigaretten, Rauch- und Schnupftabak, Hemdknöpferl, Kragen und Krawattl, Hosenträger und Faden, Schuhwichse, Petroleum, Salatöl und Essig, Pfeffer, Salz, Zucker und Kaffee, kurzum alles kriegst du bei ihm. Nebenbei betreibt er eine kleine Ökonomie, hat zwei Kühe und einen Ochsen, Stücker zwölf Hennen und zwei Sau und, damit ich alles in einem Aufzählen zusammenfasse, bloß einen einzigen, erst dreijährigen Stammhalter gleichen Namens sowie ein blitzsauberes Weiberl.
Junge, gemütliche Leutl sind die Muggenthalers. Schiedlich und friedlich leben sie miteinander, denn die Alten liegen bereits seit Jahr und Tag drüben auf dem Gottesacker in Antelsbach, und das kleine Anwesen ist schuldenfrei. Der Peter ist ein fleißiger Mensch ohne Untugenden, die Zenzl eine lustige, aber umsichtige Person; er hat es mehr mit der Ökonomie, sie mit dem Laden, was will man mehr!
Reisende aus der Stadt, Dorfleute und verirrte Sommerfrischler kommen in den Muggenthaler-Laden. Die ersten bieten an und wollen verkaufen, die letzteren tragen Geld herein, weil sie kaufen. Zu jedem ist die Zenzl freundlich, einen Spaß verträgt sie und mannsbilderfeindlich ist sie wieder nicht. Das heißt natürlicherweise, solang man hinschauen darf. Weiter gibt es nichts bei ihr.
Ich bin selber aus einem Haus heraus, wo eine Kramerei dabei war und weiß, wie lang mitunter solche Stadtreisende bleiben können. Beim Muggenthaler in Putlfing war es nicht anders.
Und der Peter war auf dem Feld draußen – und die Zenzl

konnte nicht grob sein. Aber aufschwatzen ließ sie sich doch nichts.
Besonders oft kam der Reisende von Simhart & Frutter, Kolonialwaren en gros, München. Jedesmal ging er in die Muggenthaler-Stube, hockte sich hin und weiß Gott wann ging er wieder aus dem Laden. Der kleine Peter kannte ihn schon genau, weil er ihm stets und ständig was mitbrachte. Eine Schachtel voll Schokolade-Zigarren oder – je nach der Jahreszeit – einen Osterhasen, einen zuckerigen Nikolaus und dergleichen.
Schwinglinger hieß der Reisende, aber der kleine Muggenthaler-Peter hieß ihn in seiner tapsigen Kindersprache bloß »Vedda Lingling«.
Einmal nach Feierabend im Herbst saßen die zwei Krämerleute am Radio auf der Ofenbank in der niederen Stube und hörten sich den flotten Walzer an. Der kleine Bub kroch noch munter auf dem Boden herum und spielte mit der Katze.
»Dös is wos Schöns!« sagte die Zenzl zu ihrem Mann und schaute ihn an.
»Ja . . . Dös geht oan direkt ins Bluat«, lächelte dieser leicht. Sie horchten mit glücklichen Gesichtern und langsam rückte der Muggenthaler näher und näher auf die Zenzl zu. Wiederum schauten sie sich an, wiederum lächelten sie ein wenig und alsbald legte der Kramer seinen Arm herzhaft um Schultern und Genick von der Zenzl.
»Wunderschö, so wos«, brümmelte der Muggenthaler gemütlich und gab seinem Weib ein Busserl. Eins und noch eins. Sie sahen den Buben nicht weiter an wie er den Kopf hob, sie hörten bloß nachdenklich auf den Walzer und schauten zufrieden vor sich hin. Die Zenzl zuckte aber auf einmal leicht zusammen und fuhr mit der einen Hand auf ihr Knie zu.
»No, no Peterl! . . . Wos machst d' denn do?« sagte sie und beugte sich vor. Der Bub zog sich an ihren Waden

hoch und stand jetzt – über ihrem Knie auftauchend – da. Der Kramer strich ihm mit der einen Hand über den kugelrunden Kopf und lachte:
»Wos's is 's denn Peterl? ... *Wos* wui denn mei Peterl?«
»Dadda! ... Vedda Lingling do macht bei Mami ... Do!« plapperte der Bub und wollte der Kramerin absolut den Rock übers Knie hinaufstreichen: »Do macht Vedda Lingling ... U-und Mami hi'lieng und Vedda Lingling affi'deign ...«
»Ah, dumma Bua, dumma!« schnitt die Zenzl schnell dieses Geplapper ab, und um und um rot stand sie eilsam auf und brachte den Buben ins Bett.
Der Muggenthaler drehte seinen Radio aus und saß noch eine gute Zeitlang stockstumm da. Weil aber die Zenzl nicht mehr herunterkam von der Ehekammer, ging er auch ins Bett.
Er sagte nichts und sie sagte nichts. Er lag kerzengerade da und sie genauso. Keines rührte sich und wahrscheinlich schaute jedes in die dunkle Decke hinauf.
Auf einmal hörte der Kramer sein Weib still weinen und dann sagte sie gerade heraus: »Sie gehnga scho nia aa, dö Hundsreisnda! ... I ko doch it saugrob sei zu iahna! ... Mit a'ran Weiberts treib'n s' Schindluada ...!«
Der Muggenthaler ließ sie ruhig beichten und flennen. »In da Hoffnung werst it glei sei!« sagte er alsbald brummend.
»Na! ... I hob übahaaps it ming ... Soweit hätt' i's gor nia kemma loßn!« verriet sich die Zenzl noch mehr.
»No nachha! ... Hoit dei Papp'n jetz!« grantelte der Kramer weiter: »Do siehcht ma's wieda, wia 'ds ös Weibsbuida seid's ... Wia dös liaderli Geld! ... Ninderst hoits ös aus!«
»Vedda Lingling-lingling!« plärrte der Bub aus dem Bettstattl: »Li-i-ingling!«
Endlich schlief er.

»Wart nu, den Lingling di' lingling i scho außi!« schloß der Muggenthaler: »Und du bist jetz stad, daß d' ös woaßt.«
Er drehte sich um, basta. Bald darauf schnarchte er wie jede Nacht.
Sachlich, wie es bei uns zugeht, erledigte der Kramer Muggenthaler die Angelegenheit. Seitdem blieb er da, wenn ein Reisender kam, und den Schwinglinger ließ er ruhig in die Stube kommen.
»So, Bürschel«, sagte er alsdann: »Jetza konnst 's Fliagn lerna!«
»Zenzl, reiß d'Tür auf!« schrie er sein Weib an und – ratsch-ratsch! – packte er den paffen Stadtfrack am Hintern und am Genick und schmiß ihn auf die drecknasse Straße hinaus.
Seitdem kommt kein Schwinglinger mehr nach Putlfing. Im Dorf machte die Sache gar kein weiteres Aufsehen. »Er werd an Muggenthaler scho lauter Dreck o'ghängt hob'n, der Bazi«, meinte man von dem Reisenden, und gegen solche aufdringliche Konsorten, die von der Arbeit nichts wissen wollen und nur vom Schwindel leben, sei das Hinauswerfen grad die richtige Kur, fügten alle hinzu.
Irren ist menschlich. Und dem Kramer Muggenthaler war dieses selbige Irren der Putlfinger nicht bloß recht – er und die Zenzl bestärkten es sogar.
Wenn einer aber auf das wunderschöne Hinausfliegen vom Schwinglinger zu reden kommt, wie der Dreck aufgespritzt sei und wie der lumpige Stadterer aufgesprungen und windhundmäßig davon sei, dann sagt der Muggenthaler meistens: »Jaja, d'Reisnda und d'Weiba müass'n scharf o'packt werd'n, sunst treibertn s' Schindluada mit oan'.«
Und – selbstredend – da stimmt ihm jedermann bei.

DER DIRNREITER

Der Hengerspacher von Pfahlersdorf ist seit Jahr und Tag Wittiber. Gutding an die fünfzehn Jahr' wird es schon her sein, daß seine Alte gestorben ist. Selbiger Zeit hat sich der tieftrauernd Hinterbliebene geschworen, heiraten tut er nimmer. Nicht um viel Geld.
Einem Toten soll man seine Ruhe lassen, heißt es. Gut und recht so was. Aber ganz umsonst wird der Hengerspacher nach dem Ableben seiner Alten schon nicht zu seinem Schwur gekommen sein. Alles hat seinen Grund auf der Welt, sogar das Zölibat vom Herrn Pfarrer, sagt man bei uns daheim.
Wie der Hengerspacherin ihre Leich gewesen ist, war der Hengerspacher fünfundvierzig, heute ist er sechzig Jahr' alt und immer noch Wittiber. Man sieht also, daß er keinen Schmus gemacht hat mit seinem damaligen Schwur. Basta.
Das Hengerspacher-Sachl steht weit außerhalb Pfahlersdorf auf einem kleinen, grasgrünen Buckel, kein Zaun ist drumherum, bloß vor der Haustür steht ein großer Nußbaum und um den ist eine Bank gezimmert. Eine einzige Kuh steht im Stall, und jedes Jahr füttert er sich eine Sau fett, der Häusler. Die verkauft er aber nicht. Der Weichselberger-Toni schlachtet sie ihm jedesmal, die größten Trümmer werden geselcht, und von dem anderen gibt's wochenlang Schweinernes mit Kraut, Leber- und Blutwürst, Sulzen, Schweinsbraten, Preßsack und so weiter. Essen mag er, trinken mag er, dem bißl Arbeit, dem geht er auch nicht auf die Seiten, gemütlich mag er's, der Hengerspacher – und junge Dirn' mag er auch. Schlecht hat es bei ihm keine, aber weiß der Teufel, wie das kommt, länger als zwei Jahr' ist noch keine bei ihm geblieben.

Die meisten davon sind schon am ersten Lichtmeßtag nach ihrem Einstand gegangen.
Es wird allerhand herumgeredet, wie so was kommt und immer wieder kommt. Sagen hat es noch keiner nicht können, wenngleich die davongelaufenen Dirnen allerhand vom Hengerspacher erzählt haben. Auf Weibertratsch gibt man nichts bei uns.
Aber weil, wenn nichts Gewisses nie nicht herauskommt, die Leute neugierig werden, hat der Lechl-Beni zu seinem Spezi, dem Bachlberger-Xaverl einmal gesagt: »Paß auf, den oit'n Bazi kimm i scho hinter's Liacht.«
Auch dieser Entschluß seitens des Beni hat natürlicherweise einen triftigen Grund gehabt. Nämlich damaligerzeit ist die Gfellersberger-Resl, die wo der Beni gern gesehen hat, beim Hengerspacher Dirn gewesen. Der Xaverl und der Beni haben sich also beredet.
»I derf toa, wos i mog mit der Resl, sie gibt mir net o«, klagte der Beni: »I hob ihra scho drei Briaf g'schrieb'n und sie hot si net g'rüahrt . . . I ho ihra noch der Kirch' Aug'n zuag'schmissn und sie hot's net g'spannt . . . Alloa derwisch i s' net . . . I woaß nimma, wia i's opacka sollt.«
»Dös kriag'n mir scho . . . Dös muaß geh!« sagte auf das hin der Xaverl, und in bezug auf den alten Hengerspacher meinte er: »Wart nu, den Hundling reib'n mir scho ei!«
Alsdann fingen sie das Nachdenken an und schließlich hatten sie ihren Plan beieinander. –
Sommer war's und jeden Tag hellicht klar. Heiß war's für und für, kaum zum Aushalten. Auf seiner einschichtigen Wiese heute der Hengerspacher mit seiner Dirn. Sie brachten alles strohtrocken unter Dach und Fach. Überall rundherum war es das gleiche Bild. Beim Bachlberger, beim Lechl, beim Neuhierl, beim Riemstinger und beim Much waren die Leute auf den Feldern, beim Bürgermeister Lochner und beim Bäcker Wimsler.
Nach so einem Hitztag hockte feierabends der Hengers-

pacher gern unter seinem Nußbaum und rauchte seine Weichselpfeife. Nach der Stallarbeit kam auch die Dirn daher und hockte sich genauso hin, nahm mitunter ihr Strickzeug mit und strickte gemächlich. Weit und breit konnte man von diesem Platz aus sehen, drüben rechter Hand aufs Dorf, linker Hand, weit hinten, auf den Staatsforst, und wenn man sich umdrehte und beim Hauseck vorüberschaute, waren nichts wie Wiesen und Äcker da.

Jeden Tag und jeden Tag hockte der Wittiber mit der Dirn unterm Nußbaum, und die vom Feld heimgehenden Bauern, drüben auf der Straße, schmunzelten, wenn sie die zwei sahen, und brummten mitunter: »Schaug 'n o, an Hengerspacha! Der woaß's, wia ma si 's Lebn schö macht! . . . Der toalts si's richti' ei': Beim Tog a bißl arbatn und kaam is's Feirabmd, fangt er mit seiner Dirn 's Speanzln o! Mei Liaba, dös is a ganz a Hella!«

Und jedesmal gab es, wenn er so was hörte, dem Beni einen Stich.

»I hoit's nimma aus! Jetz pack' ma's!« sagte er an einem Feierabend zu seinem Spezi Xaverl, und weil er gar keine Ruhe mehr gab, ging man also ans Werk.

In derselbigen Nacht war's dem Hengerspacher, wie wenn wer vor seinem Haus am Nußbaum herummache, aber er schlief gleich wieder ein. Am anderen Tag sah man den Xaverl und den Beni nicht auf dem Feld. In Rosenheim sei eine Zusammenkunft der ehemaligen »Zweier«, hatten sie gesagt und waren beide mit dem Radl noch in derer Nacht losgefahren, wenngleich Bachlberger und Lechl brummten, jetzt wegfahren, mitten in der Heuarbeit, das sei schandmäßig. Aber mach einer was gegen so militärnarrische Mannsbilder. Sie fuhren, und damit aus. Beim Brucknerwirt in Rieming machten sie Halt, gingen zum Postillon Belzer in den Stall und stellten ihre Räder ein. Nach zwei Halbe Bier gingen sie – es war schon ziem-

lich dunkel – querfeldein, grad auf das gelbe Licht zu, das aus der Hengerspacherstube vom Buckel herab in die Gegend hinausleuchtete. Ungefähr eine Viertelstunde vor ihrem Ziel trennten sie sich, der Xaverl ging »hott« und der Beni »wüßt«, jeder vorsichtig und zuletzt direkt auf dem Grasboden dahinkriechend wie Indianer.
»Und daß d' fei fest schreist, daß i's här!« wies der Beni seinen Spezi beim Auseinandergehen an, und der brummte, schon im Weitergehen: »Feit si nix!« Das war alles.

*

Ewig unschuldig hockt einer nicht unterm Nußbaum neben einem saftigen Weiberts, mag er jetzt jung oder alt sein.
Feierabend war's wieder. Der Hengerspacher zog an seiner Weichselpfeife und die Dirn neben ihm strickte. Kein Sterbenswort redeten die zwei. Nach und nach wurde es trüb auf den Wiesen rundherum, trüb und dann dunkel. Die Sterne und der Mond tauchten am Himmel droben auf.
Hie und da schaute der Hengerspacher auf die Resl. Ganz seltsam. Alsdann grinste er ein wenig. Die Dirn lugte auch mitunter auf ihn, genau so sonderbar.
»Hm«, räusperte sich der Hengerspacher, grinste wiederum und rückte ein bißl näher an sie heran.
»Hm«, machte die Resl und kicherte dasig. Die Bank knarzte. Der Wittiber fing schon wieder das Rücken an.
»Jetz tua nu amoi dein' Strumpf weg!« brummte er eilsam und verzog schon wieder sein breites Maul.
»Hm-hm, oita Plaana!« sagte die Resl und alle zwei schauten sich an.
»Ha-hja-hm«, machte der Hengerspacher lustig und legte seine Pfeife weg. Einen Augenblick lang schaute er in den Nachthimmel, grad so, als wenn er sich was ausrech-

nen wollte, lugte hinum und herum und drückte sich ganz an die Resl: »Geh weita, Resi!«
Die Dirn fing zu schnaufen an, ihr strammer Herzkasten hob und senkte sich, der Hengerspacher legte seinen Arm um ihr Genick, und mit der andern Hand fing er zu greifen an.
»It, Baur, it, sog i!« stöhnte die Resl halblaut und schnaufte noch ärger. Sie ließ ihr Strickzeug fallen.
»It, it, Baur, it!« kam es wieder aus ihr, aber schon viel matter. Die Bank knarzte noch ärger. Der Hengerspacher drückte die Dirn nieder, fest. Man hörte bloß noch ein Schnaufen der zwei, und da auf einmal schrie der Bachlberger-Xaverl mordialisch laut aus der Nußbaumkrone herab: »Hundsbazi, schlächta, härst net auf! Saustier, bremsiga! Loßt ös it steh, d'Resl!« Direkt die Luft zitterte, so plärrte er.
Wump – ruck, hörte er drunten auf der Bank, die Resl schrie auf wie am Messer und – ßt – rannten Dirn und Wittiber ins Haus. Die Tür flog krachend zu. Der Xaverl sprang mit einem Satz vom Nußbaum aufs Gras und lief wieseneinwärts, auf und davon.
Der Hengerspacher, außer Rand und Band vor Wut, holte aus seiner Stube seinen Zimmerstutzen und die Resl rumpelte die Stiege hinauf, in ihre dunkle Kammer. Die Tür schlug sie zu und riegelte ab. Sie zündete kein Licht an und riß ihren Gspenser und Rock bloß so herunter. Sie luste etliche Schnaufer lang herzklopfend und hörte den Wittiber vorne draußen beim Nußbaum schimpfen, lief ans niedere Fenster und schlug beide Flügel zu. »Heilige Muatta Gottes!« stöhnte sie und schwang sich eilsam ins Bett, das heißt, sie hat's wollen. Grad in dem Augenblick nämlich griff der Beni fest nach ihr und wisperte: »Resei, sei stad, i bin's!« Aber die Dirn plärrte wie eine Narrenhäuslerin um Hilfe.
»Da – da Beni! . . . I . . . I! Resei!« wollte der Beni ewig

aufklären, aber ein ums andere Mal schlug die Resl auf ihn ein und machte einen Heidenlärm, bis der Hengerspacher daherkam und an die verschlossene Tür pumperte wie ein Gendarm.

»Saukerl, bremsiga! An Ruah! Aufhärn!« hörte er drinnen die Resl poltern und schimpfen.

»Aufg'macht! Auf do oda i schiaß durch!« schrie er draußen.

Aber der Beni ließ die Resl nicht um alles in der Welt aus. Grad war's als spürte er das Kratzen und Beißen und Schlagen nicht.

»Auf do! Auf, sog i!« brüllte der Wittiber draußen noch ärger und schlug mit dem Zimmerstutzenkolben gottsmächtig an die Tür: »Wer is's 'n? Auf do! Auf!«

»An Dreck mach i auf, Huarnkerl, verreckta!« wurde da der Beni grimmig und fing trotz der Resl ihrem Weinen und Jammern zu schimpfen an: »Du Sauhammi, du windiga! Wosd du derfst, derf i no lang, du oita Türkl, du!«

»I schiaß!« schrie der Hengerspacher vollauf wütig.

»Net! Net!« jammerte die Resl.

»Schiaß nu! Schiaß sovui oist mogst!« gab ihm der Beni hinaus, und schon krachte es, aber so ein windiges Zimmerstutzenkügerl, was das schon ausrichtet. Gar nichts war's, nicht einmal den Schreck wert! Still blieb's etliche Sekunden und – ja, wer's nicht glauben will, soll's bleiben lassen! – gleich darauf schrie die Resl: »Geh as Bett, Baur, daß a Ruah is! Jetz is oiwai scho, wia's is!«

Wiederum setzte für etliche Augenblicke alles aus.

»Guat, Saumensch! Aba morng gehst mir!« sagte der Hengerspacher auf einmal und tappte in seine Kammer.

»Mei g'härt s'!« hörte er den Beni voller Freud' schreien, und was in selbiger Nacht geschehen ist, läßt sich leicht denken. In der Früh' um zwei Uhr ist der Beni durch das Fenster, geschmatzt und gebusselt haben sie sich noch,

die zwei, er und die Resl, einen Bumbser hat's getan und – wie heißt es – »fort war der kühne Liebesheld«.
Gut ist es doch mitunter, wenn ein Haus nicht im Dorf steht. Wenn wer das höllenmäßige Streiten zwischen Resl und Hengerspacher am anderen Tag gehört hätte, dem würden die Augen über Verschiedenes aufgegangen sein.
Jetzt aber kommt das Allerseltsamste von der ganzen Geschichte. Lieblingsdichter meines teuren Stammvolkes würden den Schluß sicher so gedreht haben, daß Beni und Resl ein Paar geworden wären.
Ich muß leider bei der Wahrheit bleiben. Nämlich mitnichten, der Beni hat grad mit Fleiß nichts wissen wollen von der Resl, heute noch zahlt er die Alimente.
Saugrob hat er zu der Dirn gesagt: Glaabst i bin dappi und löfflt an oitn Hengerspacha sei Suppn aus! An Dreck!«
Der Hengerspacher, der die ganze Geschichte lange nicht verwunden hat, versuchte es eine Zeitlang, die Resl aufzuhetzen, sie sollt' eine Anzeige wegen »Notzüchtigung« erstatten, aber es ist doch nichts daraus geworden. So sind die Weiber, der Teufel kennt sich aus mit ihnen.
Zu vermelden ist bloß noch, daß die Resl voriges Jahr einen Taglöhner in Wasserburg geheiratet hat. Und den alten Hengerspacher heißt man seitdem »Dirnreiter«.

DIE RECHNUNG – OHNE DEN WIRT

Es ist unzweifelhaft richtig, was die gelehrten Leute über die Naturvölker sagen, nämlich daß dieselbigen sogar ihre sprachlichen Ausdrücke meistenteils aus der Natur beziehen. »Eine solch tiefe kosmische Verbundenheit«, habe ich neulich einmal in einem wissenschaftlichen Zeitungsaufsatz gelesen, »verwischt bei unverbrauchten, noch rein erhaltenen Naturvölkern auf glücklichste Weise die Unterschiede zwischen Mensch und Tier.«

Wenngleich ich das nicht so schnell begriffen habe, so kann ich doch mit einem einzigen Beispiel die Richtigkeit dieser scharfsinnigen Auffassung belegen.

Im Gebirge und Flachland Altbayerns sagt man heute noch von Weibsbildern wie von Kühen, wenn selbige nicht mehr gebärfähig sind: »Sie nehmen nicht mehr auf.« Und von zeugungsunfähigen oder aber auch absichtlich die Zeugung vermeidenden Männern heißt es, sie sind »Blochaschmiera«.

Nachdem ich also solchermaßen den wißbegierigen Leser aufgeklärt habe, möchte ich ihm noch mitteilen, daß der Brachl-Martl von Berberg die dritte Höchltochter von dortselbst geheiratet hat. Marie heißt sie und blitzsauber ist sie. Sie war zuletzt Köchin beim Notar Neffelsberger in Hengelbach und ist überhaupt schon immer eine »Herrschaftliche« gewesen.

»Dös san moderne Baurn«, hat es geheißen, und es stimmte auch, denn ein und ein halbes Jahr sind vergangen und Kind war noch keins da beim Brachl.

Verschiedene Burschen – vivere und richtigere wie der Martl – haben seinerzeit auf die Marie spekuliert, aber so eine Vermöglichkeit und ein solches Prachtanwesen wie das Brachlersche findet man nicht leicht wieder.

Der Amplezer-Hansgirgl, auch einer von den stehen-

gelassenen Bewerbern, hat sich nichts weiter anmerken lassen und besteht heute noch bei der strammen Brachlin aufs beste, denn er ist der feinste Tänzer im ganzen Gau und wo er hinkommt, wird es lustig. Der Martl aber kann überhaupt nicht tanzen.
Beim letzten Ball des »Veteranen- und Kriegervereins« waren Marie und Hansgirgl ewig das gleiche Tänzerpaar. Gerade geflogen sind sie.
»Herrgott, Marie – Herrgott, wenn i di a so an Arm hob! . . . Do – do werd's ma ganz anderscht«, lispelte der Hansgirgl der Brachlin ins Ohr und schaute luchshaft rundherum, ob die Luft rein sei: »Herrgott, Marie, i konn di net vergess'n.« Und schnell gab er ihr ein Busserl. Die flotte Bäuerin sagte nichts drauf, sie lachte bloß couragiert und alles war ihr recht.
»Da Martl is überhaaps nix, Marie«, wurde der Hansgirgl kühner: »It amoi z'sammbringa tuat er wos.«
»Thja – ja, do kunnt'st it u'recht hobn«, lachte die Marie wiederum und ließ sich gern noch ein heimliches Busserl auf die heißen Backen hauen.
»Herrgott, Marie! . . . Mei muaßt nu amoi g'härn! Grod an oanzing's moi!« hauchte ihr der Hansgirgl übers schwitzende Gesicht.
Sie spürte deutlich, wie sein Arm um ihren Rücken zitterte.
»Thja! . . . Plaana!« machte die Marie und ihre kernigen Brüste wallten. Es war bloß gut, daß alles ein Wirbel war rundum.
»I sogat ja gor nix, Marie! . . . I hoitat ja 's Mäu wia'r a Tota!« sagte der Hansgirgl, kurz bevor man wieder an den Tischen vorbeitanzte. Der Brachl schaute und und prostete mit dem vollen Maßkrug zu. Ihm war's recht, daß er das Geflankel nicht mitmachen brauchte. Außerdem war der Hansgirgl sein bester Spezi seit kindauf. – Spät wurde es. Kurz nach Mitternacht gingen viele, um

eins machten sich auch die meisten Bäuerinnen auf den Weg. Die Bauern blieben meistenteils hocken, sie und die Burschen und die Jungfrauen.
Um drei in der Frühe tappten der Brachl-Martl und sein Spezi Hansgirgl über den dunklen Heimertshauser Berg herunter, der erstere mit einem hübschen Sauser, der letztere zwar arg lustig, aber noch fest auf den Füßen.
»No, wos is denn jetz dös bei enk, Martl? ... Kimmt denn do gor nix Kloans daher?« fragte der Hansgirgl den an seinem Arm hängenden, wankenden und rülpsenden Martl während der Unterhaltung.
Und – weiß Gott – das ärgerte den Bauern. Er verschluckte das immer heftiger werdende Aufstoßen und brummte bloß: »I – jupp – hjüp – I woaß' aa net!«
»Nimmts net auf, d' Marie? Oda bischt du eppa gor a Blochaschmiera?« fuhr der Hansgirgl fort und zog den schleifenden Martl ins Grade.
»Ah! ... Am Orsch leck mi!« brummte dieser grantig.
»No! ... Mir frogt ja bloß, brummerta Teifi!« gab der Hansgirgl gütlich zurück.
»J–jüpp – jupp! ... J–upp!« machte der Martl wiederum und schon sah es aus, als wie wenn ihm Magen und Därme heraufsausen würden. Es würgte und schüttelte ihn bloß so.
»Hoit'st aa scho gor nix mehr aus, Martl!« sagte der Hansgirgl wiederum: »I woaß's net, seitdem daß d' verheirat't bist, vertrogst koane poar Maßn Bier nimma!«
»I? ... I–jüpp–upp! ... I–i? ... Zwölf Maßn san nimma weni'!« ärgerte sich der Brachl und setzte brummig hinzu: »'s Bier is mir oiwai noch liaba g'wen ois d'Weibertn!«
»Host aa recht, Martl! Ganz recht host!« pflichtete ihm der Hansgirgl bei: »Und wenn s' scho nix auf d'Welt bringa, kunnt oan scho glei grausn!«
»Mei Ruah loß ma mit *dera* Gaudi!« grantelte ihn der

Martl an und auf einmal plärrte er ganz giftig heraus: »Blochaschmiera bin i koana!«
Direkt drohend blieb er stehen, schwankte aber gleich wieder.
»Noja, dös hob i ja aa it g'moant! . . . Ma sogt ja bloß! . . . Nachha werd' hoit d'Marie it aufnehma!« beharrte der Hansgirgl.
»An Dreck, sog i! . . . It wohr is's!« stritt ihm der andere ab: »Wennst an ganzn Tog rackerst und schinaglst, vergehnga dir aa dö Faxn bei da Nocht! . . . Mir hob'n koa Zeit für Kinda!«
»Ja no, nachha! Nachha is's ja a so recht, Martl! Geh weita, geh!« lenkte der Hansgirgl ein und zog ihn weiter. »Aba wos Schöns waar's doch, Martl, so a poar Kinda an Haus! . . . Do wüßt' ma doch, für was ma lebt!« fing er schon wieder an.
»Mei Ruah loß ma, sog i!« verbat sich der Martl dieses Thema wiederum: »Ünseroans is koa Junga nimma!«
»Ja–a«, blieb der Hansgirgl gespielt staunend stehen: »Ja, do muaß i jetz scho dumm frog'n, Martl, nachha mächt'st du wos Kloans und bist it oiwai beim Zeig?«
»Herrgott, daß d' jetz du gor a so a Hundskrippi bist, Hansgirgl«, gab der Martl endlich seine Gegenwehr auf, »daß d' jetz du nia koa Ruah gebn konnst und oiwai dös letzt' Wort hobn muaßt!«
»I . . .? . . . I brauch gor it dös letzt' Wort . . . Aba no, mi inträssiert's hoit«, lenkte der Hansgirgl scheinheilig ein: »Und vo dem, daß d' du sogst, du bist koa Junga nimma? . . . Mir sin doch bloß drei Johr ausananda! Du bist jetz zwoaravierzg und i neunadreißg.«
»Ja scho, aba grod in dö Vierzga macha a poar Johr an Haufa aus«, brummte der Martl mißvergnügt.
»So – so! . . . Bei mir g'spür i aba do scho fei gor nix«, meinte der beharrliche Hansgirgl, »bei mir derfa gmua no drei und vier Johr umageh . . .«

Der Brachl war ein wenig in der Enge. Aus Gelüsten dieser angedeuteten Art machte er sich anscheinend gar nichts. »I wui mei Ruah hob'n bei da Nocht!« murrte er wiederum, drehte sich herum und schlug sein Wasser ab.

Der Hansgirgl leistete ihm freundschaftshalber Gesellschaft dabei. Nichts wie halten mußte er seinen schwankenden Freund. Auf einmal sagte er wiederum: »I wüssert scho a Mittl gega a solchers Nochlossn.«

»A Mittl ...?« fragte der Martl, indem er sich das Hosentürl zuknöpfte: »U–jüpp! ... I brauch koans ... I mächt mei Ruah bei da Nocht.«

»Aba wos Kloans mächt'st doch aa gern?« fiel ihm der Hansgirgl ins Wort.

»Ja – ja, dös scho, aba do is oiwai no Zeit ... Ja – ja, dö – dös scho«, schnaggelte der Martl heraus und tappte weiter.

»Ja, aba wenn bei dir scho a poar Johr sovui ausmacha, nachha konnst nimma wartn! ... Do muaßt scho dazuatoa, Martl«, warnte ihn der Hansgirgl gewissermaßen, und alsdann fing er von den Wunderkuren des Schäfers Wildseder in Beilngries an, der auf so was direkt eine »Spezialität« sei.

»Der? ... Mei Liaba, der hot no an jedn hergricht, Martl ... Paß auf, wia dö der aufricht' ... Is doch direkt a Schand und a Spott, Martl! So lang verheirat sei und no nix'n do – du fahrst zum Wildseda num und aus is's«, schloß er. Jetzt mußte sich der Martl wirklich übergeben. Einen Riß gab es ihm und in großem Bogen sauste es aus seinem aufgerissenen Maul in den Schnee. Immer wieder, immer wieder.

»No raus, wos u'recht is!« ermunterte ihn der Hansgirgl und hielt ihn hilfsbereit am Arm: »No ausg'raamt do drinna!«

Endlich, endlich – weit und breit stand der dicke Mond

über den Flächen, die Sterne fingen schon an, blasser zu werden und da und dort blinkte ein Stallicht auf – endlich gingen die zwei wieder weiter.
»Herrgott, i bin aa schon gor nix mehr! . . . I glaab, i probier's doch amoi mit'n Wildseda«, sagte der Brachl-Martl, als ihn der Hansgirgl in seine Haustür schob. Ganz nüchtern war er wieder.
»I rot dir nix Schlechts, Martl . . . Guate Nocht«, rief ihm sein Spezi zu und ging.

Auffällig oft kam der Hansgirgl seit dem letzten Veteranenvereinsball nach Feierabend zum Brachl hinüber. Immer wieder fing er vom Wildseder an. Nie wollte der Martl anbeißen.
»Dir geht's no grad ois wia dein'n Vata, Martl . . . Werst es scho sehng! . . . Der is aa so dick und fett wordn wia a Möstsau . . . G'nau wia du . . . Und nachha? . . . Wos is's nachha g'wen? . . . Nachha hot er d'Wassasucht kriagt und – pumps – hot'n der Schlag troffa«, warnte der Hansgirgl seinen Freund abermals. Das wirkte.
Am andern Tag fuhr der Brachl wirklich mit dem Schlitten nach Beilngries. Aber – wie mit Fleiß – die Brachlin fuhr mit. Der Hansgirgl stand hinter seinem Tennentor und schaute den Davonfahrenden griesgrämig nach.
»Herrgott – Herrgott, nix werd's! Ewig nix!« murrte er für sich und kratzte sich an der Schläfe.
Erst spät in der Nacht hörten die Berberger das Klingeln des Brachlschlittens wieder. Am anderen Tag erfuhr der Hansgirgl das Ergebnis der Wildsederschen Diagnose.
»Er sogt, a der Nier'n feit's mir«, sagte der Brachl und machte ein elendiges Gesicht.
»A der Nier'n . . . Ja – und dös ander?« erkundigte sich der Hansgirgl fast enttäuscht.
»Er sogt, dös hängt ois mitanand z'samm«, meinte der Brachl. Die Marie hockte hinten auf der Ofenbank und

strickte. Hin und wieder schielte der Hansgirgl auf sie. Auch die Bäuerin hob ab und zu den Kopf.
»A Medizin hot er mir scho geb'n, daß's an Teifi grausn mächt«, murrte der Martl.
»Ja mei! ... So wos is koa G'spaß it, mit der Nier'n«, sagte der Hansgirgl.
»I glaab nix ... Mir ist mei Bier liaba! ... Do woaß i, wos ich hob«, wiederum der Martl und: »No«, sagte er, »jetz probier is's hoit amoi, daß a Ruah is ...«
»Ja, aba i fahr nimma mit auf Beilngrias num, zu den saugrobn Kerl«, sagte die Marie und fing das Schimpfen auf den Wildseder, der als Weiberfeind weit und breit bekannt war, an: »Do konnst scho alloa numfahrn ... Mi kriagst nimma dazua.«
Der Martl zog bloß das eine Aug' etwas hinauf und grantelte schräg hinüber: »Werd aa ganz guat sei.«
»Ja, daß d' wieda sternb'suffa hoamkimst«, gab ihm die Bäuerin zurück.
»Hoamkemma bin i no oiwai«, schnitt der Martl ihr mißgünstig das Wort ab.
»Aba wia! ... Das ma di ausziagn hot müassn wia an Buabn, der wo in d'Hosn geschissn hot«, focht die Bäuerin weiter.
»Mei Ruah laß ma!«
»Ja – so wos härst it gern ... I kenn di scho!« murrte die Marie grad mit Fleiß.
Der Hansgirgl hörte sich das Geplänkel stockstumm an und zog etliche Male an seiner halbausgegangenen Weichselpfeife.
»I tua, wos i mog!« ärgerte sich der Martl.
»A so bischt! ... Wennst it oi Tog dein Rausch host, bist dohoam recht granti und hängst oan 's Mäu o«, verfiel die Marie ein wenig ins Jammern. Das war dem Martl zu dumm.
»Am Orsch leck mi, daß d' 'ös woaßt!« schimpfte er und

stand auf: »I flack mi ins Bett! ...« Er harpfte finster zur Tür und verschwand.
Der Hansgirgl schwieg eine Zeitlang. Auch die Bäuerin sagte nichts. Die Uhr pendelte gemächlich in der Stube.
»Dös is it schö vo iahm«, nahm endlich der Hansgirgl das Wort wieder auf.
»Ja, so is er oiwei«, bekundete die Marie noch immer in einem gewissen jammerigen Tonfall.
Der Hansgirgl stand auf: »Ja, i moan, i geh wieda ...«
Die Marie schaute nach ihm: »Pressiert's scho a so?« Wie sie das sagte, das steckte dem Mannsbild ein Licht auf.
»Hm! ... Na, dös grod it«, brachte der Hansgirgl nach einer Weile wieder heraus und stand noch immer so da.
Es gab wieder eine kleine Pause. Tikltakl – tikltakl«, tat die Uhr. Die Marie war nicht mehr ganz so eifrig mit dem Stricken.
»Hot's di jetz nia g'reut, Marie? ... Daß d' mi net gnomma host?« fragte auf einmal der Hansgirgl und schaute ganz seltsam nach der Brachlin. Das wirkte sonderbar. Die junge Bäuerin ruckte den Kopf schnell nach ihm und schaute verlegen drein. Rot war sie, alsdann – nach etlichen Augenblicken – verzog sie das Gesicht zu einem leichten Lächeln.
»Greut? ... H-ja, mei ... G'reut«, stockte sie heraus und dabei war das erste Wort noch so etwas wie eine kecke Frage, das letzte aber schon halbwegs resigniert. »Tikltakl – tikltakl – tikltakl«, tat die Uhr wiederum in eine Stille hinein. Der Hansgirgl machte etliche Schritte auf den Ofen zu und der Brachlin ihr Herz hob und senkte sich.
»Is er jetz a's Bett? ... Kimmt er nimma?« fragte der Hansgirgl gedämpft und ziemlich hastig.
»J-ja – jaja«, stotterte die Marie noch leiser und schaute geschämig vor sich hin: »Jaja, dös scho ...«
Das letzte aber überhörte der Hansgirgl und hockte sich

mit einem Satz neben sie auf die Ofenbank: »Ma – arie! Marie, geh weita! . . . Grod nu an oanzig's Moi! An oanzig's Moi nu!«
»It, it! . . . In Goodswuin, Hansgirgl, it! It!« wehrte sich die Brachlin, weil er sie schon um die breitauslaufenden Hüften nahm und zu sich heranziehen wollte.
»It«, schnaufte sie ihn unhörbar an und schielte hastig nach oben: »Er härt's ja!« Das gab auch dem Hansgirgl einen Riß. Schnell schaute er aufwärts und ließ los. Gerade über dem Ofen nämlich war – wie man das ja häufig in unseren Bauernhäusern trifft – ein ziemlich großes Loch im Holzplafond, damit auch in die drüberliegende Ehekammer Wärme kam. So baff war der Hansgirgl über diese Tatsache, daß er mit einem Ruck aufstand und etliche schnelle Schritte in die Stubenmitte machte.
»Ja – tja, i wer jetz glei gor geh, Marie«, sagte er unschuldig laut, um dem Brachl in der Ehekammer droben sozusagen jeden Verdacht auszutreiben: »Herrgott, der Martl is schlecht beinand . . . I schaug morng wieda noch.« Und während er dies so aus sich heraus sagte und sich alle Mühe dabei gab, gleichgültig zu sein, luste er in einem fort angestrengt, ob sich denn da droben nichts rühre. Still war's, schier peinlich still. Auch die Marie hob jetzt den Kopf und horchte. Komisch – keinen Tapper hörte man, kein Bettknarzen, kein Husten, gar nichts. Die zwei schauten sich verwundert an, sie schnauften stockend und verlegen und spitzten gewissermaßen ihre Ohren noch mehr.
»Herrgott! . . . I glaab glei gor, der is gor it a's Bett ganga«, sagte die Marie auf einmal und glotzte. Dumm schaute auch der Hansgirgl drein. Bockstarr stand er da und wußte sich nicht zu helfen.
»Der is pfeilgrod wieda zum Wirt umi und sauft, der Sauhammi!« brummte die Marie schon mutiger.
»Zum Wirt umi?« fragte der Hansgirgl zweifelnd.

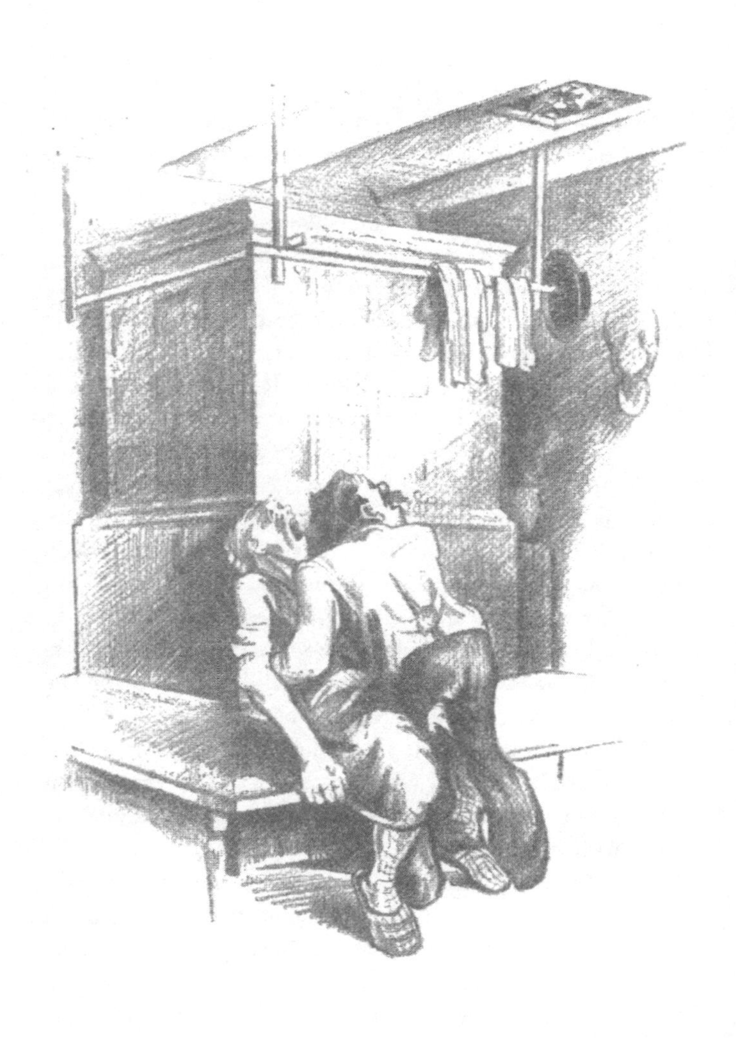

»Ja no! ... Dös waar koa Wunda! ... Dös hot er scho oft to, wenn er wüatig g'wen is«, erzählte die Marie.
Darauf konnte der erstaunte und immer noch zweifelnde Hansgirgl bloß ein brummiges »Hm!« machen.
Wiederum lusten alle zwei. Totenstill blieb's. »Tikl-takl«, tat die Uhr, sonst nichts. »Marie?« lispelte der Hansgirgl. Er schaute benommen auf die Bäuerin.
»Marie?« hauchte er noch zitteriger und fast schon nicht mehr hörbar: »Marie?« Die zwei schauten sich fest an, direkt so wie wenn sie einander verschlucken wollten.
»Marie? Derf i?« fragte der Hansgirgl wie eben gerade und war bereits wieder an der Ofenbank. Das Strickzeug fiel der Bäuerin aus den Händen. Das heftige Mannsbild drückte sie in die Ofenecke: »Marie! Marie, geh weita, geh, Marie!«
»I – i – it, Hansgirgl, it!« schnaufte sie heiß heraus, aber er bog sie nieder, fest, immer fester – bis sie halb lang lag.
»Geh weita, geh, geh, Marie, geh!« sprudelte es wispernd aus dem Hansgirgl, und einen Arm hatte er um ihren breiten, zitternden Rücken, den anderen drunten an ihrem prallen Knie: »An oanzigs Moi, Marie, grod dösmoi, Marie!«
»U – huch!« ächzte die Bäuerin unter ihm und gab alle Gegenwehr auf, und schon warf sie ihre sehnigen Arme um seinen Buckel.
Da – da aber – wie aus den Wolken, schrie auf einmal der Brachl von oben herab, derart schmetternd laut, daß die zwei vor Schreck krachend und plärrend von der Bank herab auf den Boden fielen, wie zwei platzende Mehlsäcke: »Soso! Dös is also an Wildseda sei Kur. Hundsbandi windige! Am Orsch leckt's mi, Saubandi! Mir is mei Bier liaba!«
Und – tackpum – tackpum – tackpum – stampfte der Brachl die Stiege hinunter, die Haustür krachte ins

Schloß, weg war er. Weg – genau so wie der Hansgirgl, der durch die Schneenacht rannte wie ein Besessener. Zwei volle Tage ist selbiges Mal der Bauer nicht mehr heimgekommen. Zuerst holte er sich einen Brandrausch beim Berberger Wirt, alsdann marschierte er bei geschlagener Nacht noch nach Hengelbach hinüber und kam gerade an, wie der Bahnhofswirt aufmachte. Da blieb er wiederum bis Mittag, und weil gerade Markt war, suchte er noch die verschiedenen Wirtschaften auf. Kreuzfidel war er. Und daß er heimkam, war ein reines Wunder.

Die Marie sagte nichts, ganz dasig war sie.

»Geh, geh, aba Martl, Martl!« jammerte sie bloß kleinlaut, und geduldig zog sie den sauserigen Bauern aus: »I woaß aa scho gor it, Martl!«

»Hja – jupp – hja – up – jhupp! So mo-og i's, Oite! Nu stad . . . So mog i's! . . . U-jupp! . . . U-und wenn in neun Monat koa kloana Hansgirgl kimmt, konnst auf mi rechna, Oite! A-ha-aba erscht nachha! Ehvor it!« rülpste der breitlachende Brachl heraus und fiel krachend in sein Bett. »Ehvor it! E-e-ehvor it!« lallte er noch und schon schlief er.

Einen kleinen Hansgirgl gab es wirklich nicht. Heute – es ist bereits ein Jahr drüber weggegangen – endlich sagen die Berberger, wenn sie die Brachlin anschauen: »No, jetzt loßt ma si's doch gfoin! Jetzt hot's doch amoi g'schnappt!« Und die Hebamm von Hengelbach sagt, ein Bub wirds. Die Leimbergerin von Berberg aber bleibt steif und fest darauf bestehen, daß es Zwillinge werden.

»Zwoa Töchta! Zwoa rote, wia der Brachl . . . Und dös wos für oa! Richtige Bierfassl!« ist ihre findige Diagnose.

Der Hansgirgl geht seit dieser Zeit dem Brachl überall aus dem Weg. Ganz geduckt und kleinlaut ist er jetzt. Neulich aber, beim Jakobimarkt in Hengelbach drüben, in der vollbesetzten Humpelbräustube, hat ihn der Brachl

doch auf einen Schnapper erwischt und breit, gurgelnd laut und sieghaft hat er ihm nachgeschrien: »He, Hansgirgl! Bei dir nehma aa koane Küah auf, aba bei *mir* scho! I wenn wia du waar, i gang zum Wildseda auf Beilngrias umi!«
Verstanden hat es bloß der Hansgirgl allein und hinaus ist er bei der Tür, wie davongejagt. Bloß das schmetternde Lachen vom Brachl hat er noch gehört.

DIE AUSGESCHMIERTEN

Beim letzten »Deutschen Bundesschießen« waren auch der Rehminger-Xaverl und der Hirn-Toni von Raimmoos als Mitglieder der »Privilegierten Feuerschützen- und Zimmerstutzengesellschaft Hafdorf und Umgebung« in unserer Landeshauptstadt. Ledig sind sie noch alle zwei, der Xaverl und der Toni. Jeder ist aus einem hübsch großen Hof heraus, und Geld haben sie sich ziemlich eins mitgenommen. Um das Schießen war es ihnen gar nicht so arg zu tun und schnell haben sie sich von den Leuten ihres Gaues losgeangelt, um auf »Eroberung« auszugehen.

Nachdem sie in verschiedenen Weindielen allerhand Zechen machten und allmählich spannten, daß die Kellnerinnen dortselbst zwar aufs Geld aus waren wie der Teufel auf die Seele, hingegen mit ihrer Zugänglichkeit sehr sparsam umgingen, wurde es den zwei Burschen zu dumm.

»Xaverl«, brummte schließlich in einem alleinigen Moment der Toni seinem Spezi zu: »Do kemma mir ewig net zu ünsern Sach' ... Do gehng ma!«

Der Xaverl hatte schon ganz gläserige Augen und rülpste in einem fort, aber er stimmte dem Toni sofort zu.

»Frailein!« schrie der Toni couragiert: »Frailein, zoin!« Und als die Kellnerin daherkam und mit dem süßmäuligsten Bedauern über diese Absicht die zwei wieder davon abbringen wollte, sagte er noch viel forscher: »Zoin tean ma jetz und aus is 's! ... Mir werfa doch ünsa Geld net für nix und wieda nix naus!« Zuerst wollte die hochbusige Person die Beleidigte spielen, aber die bedrohlichen Gesichter der Bauernburschen machten sie gleich wieder freundlich.

»No, wo wollt's denn hin jetz, Schatzerln?« fragte sie schmeichelhaft: »Mächt's was für d'Nacht? ... Das find'ts jetz noch net ...«
»Ja, wenn nachha?« erkundigte sich der Toni.
»Da müaßt's schon noch ein bißl wart'n ... So bis um a'ra zehni«, antwortete die Kellnerin und präsentierte die Rechnung.
»Und wo nachha?« wollte der Toni wiederum wissen, indem er die Zeche las.
»In der Müllerstraß'«, gab die Busenmadam' wiederum Bescheid, und nach einigem hartnäckigen Hin-und-her-Handeln zahlte der Toni, aber Trinkgeld gab er schon so wenig, daß sich die Kellnerin immer wieder beklagte und um mehr bettelte.
»Nana, na, dös is Sach' gnua ... Nana, nix mehr gibts!« schnitt ihr der Toni stets das Wort ab und ließ sich nicht erweichen. Endlich wankten er und der Xaverl aus der Diele.
»Jetzt fress' ma erscht amoi richti, Xaverl ... Jetzt hau'n mir üns z'erscht amoi an Ranzn voll, daß ma nachha a richtige Flaxn hob'n«, riet der Toni, und sein Freund nickte.
Sie gingen in der Zweigstraße zum Mathäser hinauf und jeder aß eine doppelte Portion Schweinsbraten mit Knödl und Kartoffelsalat. Nach vier Maß Bier brachen sie auf und gingen in die Müllerstraße. Kreuzfidel, halbwegs wieder nüchtern und unternehmungslustig waren sie. Zu suchen brauchten sie gar nicht lang. Gleich redete sie so eine wohlriechende, auf den Schwung hergerichtete Person an.
»Hja, hja, mit mächt'n mir scho, aba mir san ja zu zwoat«, verhandelte der Toni mit ihr.
»Na, wos zahlt's denn ... Ich bedien eich schon guat«, sagte die Dame: »Geht's nur weita. Ich hab auch ein schön's Zimmerl.«

Der Xaverl sagte gar nichts und musterte bloß in einem fort das stramme Weiberts von oben bis unten. Ganz bärig war er schon.
»Ja . . . u-und wos kost't nachha dö G'schicht?« fragte der Toni zweckmäßig.
»Einfach für an jedn zwanzgi«, war die Antwort.
Da kratzte sich der Xaverl und stieß den Toni hinterrücks. Der verstand es auch sofort.
»Nana«, sagte auf das hin der Toni, »nana, dös wos mir woll'n, kinna Sie net, Frailein, nana . . . A so wia's mir mächt'n, dös kinna Sie ganz gwiß net . . .«
Und – so sind sie schon, die Weiber'tn – gleich fing dieses Fräulein zu protzen an: »Pha, wos! . . . Pha . . . Ich, ich war schon in Brüssel und in Paris und in Ungarn . . . Ich, ich mach alles . . . Da steht keine 'rum, die soviel kann wie ich.«
»Aba a so wia's mir mächtn, dös kinna Sie net«, beharrte der Toni spitzfindig und weil die Dame allmählich interessierter wurde, fragte sie: »Ja no, raus mit der Sprach' . . . Sagt's ös halt . . . Ich mach enk alles.«
»Umasünst!« gab ihr der Toni ein wenig kichernd zurück: »Umasünst mächt'ns mir, Frailein . . . Kinna Sie dös?«
Das war der riechenden Person aber zu dumm.
»Gscherte Rammin, gscherte!« belferte sie, stampfte beleidigt mit dem einen Fuß auf den Pflasterboden und ging schimpfend weiter.
Toni und Xaverl lachten ihr gemütlich nach und torkelten ebenfalls weiter.
»Geh nu, Xaverl, geh nu!« sagte der Toni: »In dera Gegnd san ma scho recht . . . Geh nu, do kemma scho zu wos . . . Loß dir nu Zeit.«
»Upp-jupp-jüpp, hja, aba wos Richtigs muaß her . . . It daß ma wieda 's Geld nauswerfa – j-jüpp – und h-hobn nachha nix!« meinte der Xaverl.

»Jaja, dös loß nu mei Sach' sei«, gab ihm der Toni lustig zurück und jetzt stießen sie gleich auf zwei so schöne Damen.
»No, Schatzi, wos is's, gehngt's mit?« fragte die eine davon keck und blieb stehen.
»Ja, wenn's it z'teir is, scho«, brummte der Toni.
Zehn Mark wollte jede. Der Toni überlegte. Holla, dachte er, sind schon billiger. Und weiter rechnete er: Der Xaverl is sowieso schon nichts mehr, da wäre ein Zehnerstutzen glatt weggeschmissen.
»Nana, Frailein, nana ... Mir gehnga weita«, rief er den zwei Fräuleins zu.
Der Xaverl glotzte zwar ein wenig baff, aber, dachte er, mein Spezi macht's schon recht und ließ sich von demselbigen mitziehen. Wieder schimpften ihnen die zwei Nachtdamen nach.
»Worum host it ming, Toni?« fragte der Xaverl.
»No, mir werfa doch 's Geld it wieda weg«, drauf der Toni. Und für so was hatte der Xaverl immer Verständnis, denn von Gebenhausen war er nicht.
»Do nehm' ma oane, Xaverl ... oane! ... Und dö derf bloß zehni kostn«, klärte ihn der Toni weiterhin auf und der Xaverl verzog sein breites Maul und brummte bloß noch: »Bazi, schlechta! ... Aba i mächt fei aa wos, gell!«
»Di? ... Di loß ich z'erscht, Xaverl! ... Do konnst gwiß net sogn, daß i net auf di schaug«, zerstreute hinwiederum der Toni die Bedenken seines Freundes.
»H-sst!« machte er und linste auf: »H-sst, do kimmt scho an oanschichtige!«
Schon standen sie abermals vor einer hünenhaften Bavaria, die gar keinen Stolz hatte.
»Na, Buama, wo geht's denn hi?« fragte sie im legersten Lokalton.
»Mir? ... Mir suachat'n wos«, leitete der kecke Toni die Annäherung ein.

Der Xaverl fing wieder das Mustern an.
Die Bavaria nannte den Preis.
»Fufzehne!« handelte der Toni.
»Siebeneinhalb Mark für oan? ... Nana, Buama, dös geht net ... Nana!« beteuerte die gar nicht stolze Bavaria.
»Fufzehne ... Und zoit werd glei!« sagte der Toni.
Die große Dame überlegte und wollte schließlich achtzehn. Aber als Beweis, daß ihr Vertrauen bereits gestiegen war, ging sie mit den zwei Burschen bis zum nächsten Auto, das ganz in der Nähe stand.
»Ja, aba an Auto fahr'n mir«, meinte sie.
»Wega meina«, gab der Toni zurück.
»Aba d'Fahrt müaßt's ös zoin«, wiederum die Dame.
Die kecke Bavaria machte den Wagenschlag auf und ließ sich vom Toni das Geld geben. Fünfzehn bare Mark zählte er ihr auf die Hand.
»Jaja, in Gottsnam' ... D'Fahrt zoi i, daß a Ruah is!« sagte sie und ließ die zwei Burschen einsteigen. Der Xaverl fiel ins Polster wie ein Sack, der Toni stolperte auf ihn und – schon sauste das Auto los, auf und davon.
»Guat' Nacht, gscherte Rammin, gscherte!« schrie ihnen die großmächtige Bavaria nach, und ehe die zwei Burschen sich recht besannen, war sie um eine dunkle Ecke verschwunden.
»Himmi-Himmiherrgottsakrament-sakrament! Kruzifixkreizsakrament-sakrament!« bellte der Toni: »Dö Huarnweiba, dö schlechtn! Himmikreizherrgott! ... He! He! Aussteign! Aussteign! He, o'hoit, sog i, Schlawina windiga!« Er klopfte in einem fort auf das vordere Glasfenster, und endlich machte der Chauffeur, der einen Ohrenfehler haben mußte, halt. Xaverl und Toni polterten mit einem wüsten Schimpfen aus dem Auto und der Teufel war los. Aber kaum standen sie recht auf der Straße, sauste der Chauffeur schon wieder ab.

»Himmi-Himmikreizhennaloata! Kruzifix! Kruzifix!« plärrte der Toni und wurde, weiß Gott warum, auf einmal auf seinen Spezi wütend: »Du bist aa scho a so a langsam's Mannsbuid! Mir alloa waar so wos net passiert! ... Jetz san dö fufzehn Mark weg und mir hob'n an Dreck!«
Der Xaverl aber ließ sich nicht hinauftreiben. Stockig und patzig stellte er sich hin und brummte: »Vo mir sans ja net! ... Wos d' mit dein' Geld tuast, schiniert mi ja nix!«
»Wos!? ... Wos!?« brüllte der Toni ganz und gar außer Rand und Band: »Wos?«
Und in der damaligen Nacht haben sich die zwei auf ewig zerkriegt, denn es stellte sich bei der darauffolgenden Rauferei zwischen ihnen heraus, daß der Xaverl trotz seines scheinbaren Sausers noch über ungewöhnliche Kräfte verfügte. Von Glück konnten die zwei bloß sagen, daß kein Schutzmann in der Nähe war.

DER HIRNPECKER

(Einer alten bayrischen Schnurre nacherzählt)

Der Gschwendtner-Xaverl hat schon lang Absichten gehabt auf die Reinlochner-Zenzl, leicht erratbare Absichten. Aber was sollt' er machen: Die Zenzl ist – wie man bei uns sagt – »eine, wo man die andern fangt damit«. Sie begreift das Deutlichste nicht.

Der Xaverl ist vorige Woche mit der Zenzl im Berblfinger Holz spazieren gegangen. Er im Sonntagsstaat und sie feiertäglich beieinander. Sie gehn also so dahin. Der Xaverl biegt in die verstecktesten Fußwege ein, ganz handsam folgt sie ihm, unwidersprochen.

»Mei Liabe«, sagt endlich der Xaverl, wie sie ganz allein und versteckt in einer Dickichtlichtung stehen: »Mei Liabe, jetz werd's g'fährlich! Jetz konn sei, daß a Hirnpecka daherkimmt! ... Do hoaßt's aufpass'n!«

»A Hirnpecka?« fragt die Zenzl neugierig: »Hirnpecka? Wos is denn dös?«

»Dös? ... Hm, mei Liabe«, fängt der Xaverl wieder an, und umständlich erklärt er ihr, was der Hirnpecker für ein gefährlicher Vogel ist. Er kommt auf einmal aus der Luft herabgeschossen, und besonders auf die Weiberleute ist er aus. Er schießt gradwegs aufs Hirn zu, krallt sich fest und pickt das ganze Hirn aus.

»Auf d'Mannsbuider geht er net! Dö fürcht' er«, sagt der Xaverl.

»So, hm! Soso«, meint die Zenzl schon ein bißl gruslig, und da – auf einmal – zischt ein Vogel zirpend im Gebüsch in die Höhe. Die Zenzl zuckt wirklich zusammen und gleich schreit der Xaverl: »Wirf di hin auf'n Bod'n, Zenzl! Schnell! Sonst bist verlor'n! Wirf di hin und deck dein' Kopf mit'm Rock zua!«

Eh er's gesagt hat, ist's auch schon geschehen. Die Zenzl liegt im weichen Moos und – lieber Leser, du tätest es doch auch! – »schützend« wirft sich der Xaverl auf sie. Und richtig, die Zenzl spürt ganz wo anders, daß etwas auf sie einpickt. Aber, komisch, sie ist gar nicht wehleidig. Mittendrin kichert sie unter ihrem dicken, übergeschlagenen Faltenrock: »Peck nur zua, du Sauvogel, du elendiger! Peck nur! Bis zum Hirn kimmst ja doch net, Viehch, dappig's!«

DIE LIEBE HÖRET NIMMER AUF

In Auging das Steinbeisser-Haus steht mit seiner einen Langfront scharf an der Straße. Gegenüber ist die Lechl-Wirtschaft und die Kegelbahn dazu. Wenn beim Lechl die Leute sitzen, sehen sie direkt in den Steinbeisser-Stall, und wenn einer aus der Wirtsstubentür tritt und herübergeht, ist er in der Stalltür.

Das hat schon allerhand Unzuträglichkeiten gegeben. Erstens schreit der Lechl jedem eintretenden Gast, wenn beim Steinbeisser gerade die Stallarbeit gemacht wird, ziemlich ungemütlich zu: »Mach' d' Tür zua! Mir san doch it do, daß ma an Steinbeisser sein'n Mistg'schtank aufschmecka!« und zweitens pflegen die Gäste stets an der Kegelbahnwand ihr Wasser abzuschlagen. Da muß aber die Steinbeisser-Dirn jedesmal vorbei, wenn sie einen Karren voll Dung auf den weiter hinten gelegenen Misthaufen fahren will. Je nachdem es nun ein empfindliches Weibsbild ist, ärgert sie das. Und die Männer wenn das in die Nase kriegen, passiert nicht das schönste.

Steinbeisser und Lechl sind deswegen schon lang übers Kreuz. Streit gab's. »I konn doch koa Huar ois Dirn hertoa!« schrie der Steinbeisser einmal und belferte gegen das ärgerniserregende Betragen der Wasserlasser seiner Dirn gegenüber: »Himmiherrgottsakrament-sakrament! Wennst an Charakta hätt'st, kunnt'st dera Sauerei scho an Goraus macha! Aba ming tuast net, Sauhammi, drekkiga!«

Der Lechl ist hartfellig wie ein Elefant. Bei ihm geht's bei einem Ohr hinein und bei dem anderen wieder heraus. Er drehte sich bloß langsam um unter seiner offenen Wirtsstubentür und sagte mit seiner fetten Stimme: »I konn it 's Kindamadl für meine Gäst' sei – und wos d'

du mit deina Dirn machst, geht mi an Dreck o!« Und – krach! – schlug er die Tür zu. –
Alles blieb beim alten. Das reinste Gift kochte zuletzt im Steinbeisser seiner Inwendigkeit.
Wenn aber die Leute einander anfeinden, hat mitunter unser Herrgott ein trostreiches Einsehen. Nämlich die Weidinger-Thekla wurde beim Steinbeisser Dirn, und die brachte gar nichts mehr aus der Fassung. Weder die Wasserlasser an der Kegelbahnwand noch ihre Zudringlichkeiten. Im Gegenteil, sie hätte es gar nicht anders mögen. Ein Maulwerk hatte sie wie zehn Viehhändler und couragiert war sie wie ein Metzgerhund.
Man konnte wirklich sagen, mit ihr kam der Friede zwischen Lechl und Steinbeisser, ja sogar noch was schöneres: Sie arbeitete für drei, war Tag für Tag fidel und wegen ihr kamen Burschen und immer mehr Burschen zum Lechl. Und warum das?
Sehr einfach. Die Thekla konnte nicht bloß allerhand Spaß vertragen, ihr liefen die Mannsbilder sogar in den Stall nach. Selbstredend fing der eine oder der andere zu greifen an. Sie war ja auch eine kernige Figur, hinten und vorn, die Thekla. Und das Tappen war ihr wiederum nicht arg zuwider. Auch hierbei mag man das Gegenteil annehmen.

Vier Kühe hatte der Steinbeisser, einen Rappen und drei Sau, Hennen nicht dazugezählt. Wenn man bei der Stalltür hereinkam, fing rechter Hand die Holzplanke vom Saustand an und zog sich in einem Viereck an die hintere Wand. Darüber war die Hennensteige, davor der Roßstand. Links waren die Kühe, dazwischen ein Gang zum Wassergrant und zur Tür, die ins Bauernhaus führte. Zwischen Sau- und Roßstand lag im Sommer der Futtergrashaufen, im Winter das Einstreustroh für den Rappen. Dunkel, stockdunkel war es da, denn die winzige, elek-

trische Lampe hing vorne über den Kühen und war außerdem um und um voller Fliegendreck.
Ein Mannsbild hatte bei der Thekla das meiste Glück, der Werwinger-Lenz von Schlessenbach. Wenn der seine Zudringlichkeiten anfing, ging's der Dirn direkt durch und durch. Einmal kam er an einem Werktag, kurz bevor die Thekla mit der Stallarbeit fertig war, als einziger daher.
»Grüaß di Good, Thekla!« brümmelte er in seinen jungen Bart und lachte zweideutig.
»Jessas, der Lenz!« sagte die Dirn, schaute flugs zum Lechner in die Wirtsstube hinüber, legte ihre Mistgabel weg und zog die Stalltür zu, während der Lenz unschlüssig dastand.
»Heunt bist d' dengerscht ganz alloa beim Lechl drentn?« fragte die Thekla, um einen geeigneten Anfang zu haben und lachte listig. Dabei ging sie ganz nah an den festgewachsenen, verlegenen Burschen heran.
»Ja – i bin bloß wega deina kemma, Thekla«, gab ihr der ungelenk zur Antwort und versuchte auch arglos zu lächeln.
»Dös freit mi, Lenz«, ermunterte ihn die Dirn und drückte sich keck an ihn: »Du bischt mir scho oiwai der Liaba, Lenz.« Das machte den Burschen leicht zittrig. Er schluckte, wußte nicht, wo er hinschauen sollte und packte auf einmal die Thekla wild an: »Thekla! Thekla, i mog di ja sovui gern.« Weil aber das Gestell, das sie solchermaßen hermachten, gar nicht kommod war, sagte die Thekla leiser: »Geh weita, Lenz. Do siehcht üns ja a jeda – geh weita, gehng ma a bissl do hintri.« Und zog ihn hinter Roß- und Saustand. Sie stolperten alle zwei wie auf Kommando, und da lagen sie auf dem weichen Strohhaufen, ganz hart an der hölzernen Planke vom Saustand.
Unvorsichtigerweise stieß dabei der Lenz mit seinen har-

ten Nagelschuhen dagegen und die Säue wurden lebendig, grunzten leicht auf und tappten im patzigen Dreck herum. Der Lenz glotzte und war unschlüssig. Die Thekla um so schneidiger.
»I hob di ja sovui gern, Lenz«, fing sie wiederum an und beugte sich zu ihm hin: »I hob scho oiwai gmoant, du kimmst amoi alloa.«
Das endlich machte den Burschen mutiger. Er fuhr über ihre harten Brüste und merkte, daß sie zitterte. Sie gab ihm ein nasses Busserl und er griff mutiger hüftenabwärts bis zum runden, prallen Knie, wo der Rock aufhörte. Weil sie sich nicht wehrte, schnaufte er fast laut. Sie machte ihm den Angriff leicht und jetzt ging's bei ihm – ruck – zuck. Ihren dicken, roten Unterrock pudelte er hoch und griff tiefer. Das warme Fleisch machte ihn schwindlig.
»The-hekla!« keuchte er wiehernd, und wieder wackelte die Saustandplanke. Die zwei waren nur mehr ein einziger, dunkler Klumpen.
»The-kla!«
»Le-henz! Le-henz!« kam's aus der Dirn: »So-hovui guat bischt –« Das Wort brach ihr ab. Das Stroh knisterte. Das Keuchen der zwei ermunterte die Säue noch mehr. Sie wurden lauter. Auch die Hennen drüberhalb schlugen ihre Flügel auseinander und gackerten und der Rapp trippelte unruhig hin und her.
»Bra-hav, bra-hav bi-hischt, Lenz, bra-hav!« lallte die Thekla wie geschüttelt und schleckte das bärtige Gesicht des Burschen um und um ab. Der stieß bloß hin und wieder einen dumpfen Laut heraus. Nichts hörten und sahen die zwei mehr.
Die Säue rumpelten jetzt schon, stießen mit ihren Schnauzen schnüffelnd an die Planke und grunzten dann wieder, die Hennen gackerten rebellisch, der Rapp vorne schnaufte prustend und stampfte hinum und herum.

»Mei-hei Len-enz –«, brodelte es aus der Thekla.
Der Rapp drehte seinen Kopf nach hinten, spreizte sein Hintergestell breit auseinander und fing gewaltmäßig zu strahlen an. Wie ein Kübel siedheißes Wasser ergoß es sich über die zwei Liegenden.
»Je-je-jesaß!« plärrte der Lenz auf.
»Je-egall! In Goodswuin!« fluchte auch die Thekla: »De-der Saubär!« Aufsprangen die zwei wie angeschossen. – – –
Arg so was. Aber wenn auch. Heißt's doch: »Die Liebe höret nimmer auf« und so weiter. Auch dem Gernhaben zwischen Lenz und Thekla tat das keinen Abbruch – bis sie voriges Jahr heirateten.
Kreuzfidel war es auf ihrer Hochzeit, und bei dieser Gelegenheit erzählte der Lenz zur Gaudi aller Anwesenden den Vorfall.
»Dös hoaßt ma a Liab und a Trei!« schrie der Steinbeisser über den Tisch und prostete den Brautleuten lustig zu.
»Dös is a Liadl wert!« schmetterte der Bengelberger-Adam und sang mit seiner heiseren Bierstimme:

»Thekla, wega meina
konn 's Roß gnua brunzn!
Thekla, wega deina
loß i mi sogar hunzn . . .«

Das singt man heute noch im ganzen Gau und allemal erzählt einer die schöne Geschichte. –

EIN HANDGREIFLICHER BEWEIS

Es ist heutzutag was Schändliches um die Mannsbilder! Dem ordentlichsten und ruhigsten kann man nicht mehr trauen! »Aber solcherne niederträchtige Lumpen kommen bloß deswegen so schnell und ohne Risiko zu ihrer Sündenlust, weil unsere Weibsbilder auch recht lockere Auffassungen angenommen haben.« Dieses letztere hat der hochwürdige Herr Geistliche Rat Maireder gesagt, wie das mit der Hufnagel-Amalie, der jüngsten Tochter vom Moderbräu in Terzelfing, passiert ist. Terzelfing ist ein umfänglicher Marktflecken, wo es gar nicht mehr bauernmäßig zugeht. Gehobenere Geschäftsleute und feine Läden gibt es dort, kurzum alles hat einen städtischen Anstrich. Und so was hat natürlicherweis' auch auf die Leute abgefärbt. Man will dort immer gleich hoch hinaus. Da war auch die Amalie keine Ausnahme. Jeden Heiratsantrag von einem Einheimischen hat sie hochnasig abgewiesen, als wie wenn sie sich für eine wohlsituierte Metzgermeisters- oder Bäckermeistersgattin und so weiter zu gut gewesen wäre.

»Hochmut aber«, so lernen wir in der Schule, »kommt vor dem Fall«, und dieses ist auch bei der Amalie eingetroffen. Schnell erzählt, ist es so gewesen: Im vorigen Sommer ist unter den vielen, alljährlichen Herrschaften, die um diese Monate nach Terzelfing kommen, ein nobler, einschichtiger Herr gewesen, an die Dreißig vielleicht und sogar mit einem fast neuen Opelwagen. Der hat sich an die Amalie herangemacht und schnell Glück bei ihr gehabt. Schöne Autofahrten hat er mit ihr gemacht, die Leute haben schon überall getuschelt, daß die zwei ein Paar werden, aber die Amalie hat das gar nicht geniert, im Gegenteil, sie hat es sogar selber zugegeben. An einem

Tag aber ist der Herr plötzlich weg gewesen, weg auf Nimmerwiedersehen. Die Amalie hat ihm an die Adresse, die er ihr angegeben hat, einige Briefe geschickt. Die aber sind jedesmal zurückgekommen mit dem postalischen Vermerk: »Adressat unbekannt.« Da ist man selbstredend beim Moderbräu recht kleinlaut und verärgert geworden. Die Amalie gar, die hat sich überhaupt kaum noch sehen lassen, weil die Leute überall herumgespöttelt haben. Ihr hat es von da ab auch nicht mehr gefallen in Terzelfing und – leisten kann man sich ja so was beim reichen Moderbräu – sie ist nach München hinein auf eine Handelsschule. »Buchhalterei studiert sie«, hat es geheißen, und die Nachbarschaft hat hämisch dazugesetzt: »Eine Büromadam wird sie, weil s' mit ihrer Heiraterei so hineingesaust ist.«
Doch wie das Glück, oder, wenn man will, das Unglück schon oft ist, in München, an einem Tag, hat die Amalie den Herrn »Bräutigam« auf der Straße wiedergesehen. Couragiert, wie alle vom Moderbräu, ist sie auf einen Schutzmann zu, hat haufenweis' auf denselbigen hineingeredet, und der Herr ist verhaftet worden.
Die Sache ist vor Gericht gekommen. Wegen »Verführung unter der festen Zusage der Ehe« hat sich der Herr zu verantworten gehabt. Selbstredend hat er geleugnet und fort und fort behauptet, das Fräulein Hufnagel müsse sich da ganz und gar irren. Mit dem einnehmendsten Gesicht sagte er zum Richter, »Schlägel Wilhelm«, so heiße er doch gar nicht, wie aus den Akten hervorgehe und, nein, nein »Herr Amtsrichter, solche dummen Sachen hab' ich auch gar nicht nötig! Ich bin glücklich verheiratet, wie Sie sehen.« Was hinwiederum auch gestimmt hat, denn seine Frau mit zwei netten Kindern waren das beste Alibi dafür. Aber die Hufnagel-Amalie ist bei ihrer Aussage geblieben und etliche Terzlfinger Zeugen waren auch da, die vorgegeben haben, den be-

treffenden Herrn wiederzuerkennen. Allerdings einen Eid hat keiner darauf leisten wollen.
Das hat den Richter zweifeln lassen, und der feine Herr mit dem freundlichen Gesicht, mit eigentlichem Namen Josef Muggenthaler und von Beruf Reisevertreter in Stoffen, hat bereits weltmännisch überlegen gelächelt.
»Tja«, fängt der Richter wieder an, die Amalie zu fragen: »Woran wollen Sie denn so bestimmt erkennen, daß grad dieser Herr Ihr Verführer war?«
»E-entschuldigen Sie, Herr Amtsrichter, wenn ich doch mit ihm –«, wollte die verärgerte Amalie deutlicher werden, doch der diskrete Richter hat abgewinkt.
»Schon gut! Schon gut«, hat er gesagt und forscht eindringlicher weiter: »Aber Sie hören doch, der Angeschuldigte stellt alles entschieden in Abrede! Was haben Sie denn noch vorzubringen?«
»Den Herrn«, fällt die Amalie, sich ereifernd ein, »den Herrn, wo ich meine, Herr Amtsrichter, der hat braunes Haar gehabt und einen goldenen Eckzahn auf der linken Seite – und der Herr hat doch dasselbe!«
Alles mustert den Herrn Muggenthaler, der unangefochten dasteht, doch der Richter läßt sich nicht von seiner gewissenhaften Genauigkeit abbringen und sagt: »Bis auf den linken goldenen Eckzahn, Fräulein, sind die Merkmale grad nicht überzeugend ...«
Da aber wird die Amalie rot, ob aus Wut oder weil sie sich betroffen schämt, ist nicht zu erraten. Rot wird sie, macht gradzu einen resoluten Anlauf und sagt: »Der Herr, den wo ich meine, der hat eine Narbe gehabt, und der Herr da muß auch –«
»Eine Narbe?« stutzt der Richter leicht: »Hm, wo hat denn dieser Herr eine Narbe?« Jetzt wird es für alle schon spannend. Die Amalie zappelt unruhig, schlägt die Augen nieder und weiß nicht gleich weiter.
»Ich seh' an dem Herrn keine Narbe«, wird der Richter

ein bißl ungeduldig: »Wo meinen Sie, soll er denn eine haben?«
Wieder stockt es. Aufgeregt beißt sich die Amalie auf die Lippen, blaß und rot wird sie gleicherzeit und plötzlich preßt sie aus sich heraus: »Er *sitzt* drauf, Herr Amtsrichter . . .!«
Da und dort haben die Zuhörer gekichert. Der Herr Muggenthaler ist ziemlich verlegen geworden. Wegen der Untersuchung von ihm ist die Verhandlung vertagt worden und – die Amalie hat gewonnen!

WAS DER SCHLEMMER-ALOISL ZUR GREINER-DIRN GESAGT HAT

(Einem alten Bauernwitz nacherzählt)

Seit sozusagen die Kultur in unsere altbayrischen Gaue gedrungen ist, gibt es bei uns Nerven. Seit dieser Zeit – und es ist noch gar nicht lang her – trifft man sogar unter unserer Bauernbevölkerung Nervöse.

Beim Greiner in Wagling beispielsweise hat die Dirn eine solche Krankheit gehabt. Sie und der Knecht schlafen auf dem Juchhe droben Wand an Wand. Der Greiner nämlich hat aus der ehemaligen Dirnkammer zwei gemacht, indem er mittendurch eine Holzwand zog.

Diesmal nach Maria Lichtmeß sagte der Hansgirgl beim Bauern den Dienst auf und als neuer Knecht trat der Schlemmer-Aloisl von Buchberg an seine Stelle. In der ersten Nacht konnte die Dirn absolut nicht schlafen, weil der Aloisl an der drüberen Wand wie eine Kreissäge schnarchte und schnarchte. Sie drückte mit aller Gewalt die Augen zu, sie warf sich hinum und herum, wurde schließlich wütig und schlug pumpernd an die Bretterwand. Aber es half gar nichts, der Aloisl schnarchte unentwegt weiter. Sie pumperte wieder und wieder und fluchte sogar. Vergebens. Einen Schlaf hatte der neue Knecht wie ein Roß. Und das Schnarchen wurde eher noch ärger. Schließlich und endlich legte sich auch der Dirn ihre Nervosität – die Augen fielen ihr zu, sie schlief ein. In der Frühe wachte sie fast erschrocken auf, denn der Aloisl stand im Türrahmen und lachte sie zweideutig an.

»Wos is 's denn?« fuhr sie ihn ärgerlich an.

»I hob di scho klopfa g'härt – aba i bin z'müad g'wes'n.«

»Sauhammi«, belferte die Dirn, aber der Aloisl war schon draußen und polterte über die Stiege hinunter.

DIBLAMADISCH

Das ist ein schöner Lug, wenn man immer herumsagt, bei uns in Bayern gibt es keinen Fortschritt und wir passen uns nicht der neuen Zeit an. So was erfinden bloß die Norddeutschen oder die sonstigen Ausländer, die wo immer auf Sommerfrische herunterkommen zu uns und nun meinen, wenn sie einmal zu uns hereingerochen haben, dann kennen sie uns und unser Land schon wie ihre Westentasche. Einen Dreck wissen sie, ja!
Zum Beispiel das, daß unsere bayrische Landbevölkerung beim kleinsten Streit gleich mit dem Raufen anfängt und daß es dabei gewöhnlich Mord und Totschlag gibt, ist eine richtige, gehässige Verleumdung, ein direkter Unsinn.
Wir wissen genausogut wie woanders, daß man »diblamadisch« viel leichter was erreicht, und bei uns, auf dem Land besonders, ist fast jeder ein »Diblamat«, was wir natürlicherweise in unserer Sprache ungefähr so auffassen, als wie einer, der wo es fein heraußen hat, wie man den andern richtig ausschmiert.
Der Leixner-Toni von Pichelsdorf beispielsweise ist so ein Diblamat. Er ist der einzige Sohn vom Leixner und kriegt einmal den Hof. Geld und Grund, Vieh und Waldung ist beim Leixner da, eine ganze Menge. Da kann sich eine Hochzeiterin einmal richtig freuen, wenn sie eine solche Partie erheiratet. Und der Leixner-Toni hat sich auch schon eine herausgesucht, nämlich die Rocherer-Wally von Mertelfing drüben, wenn sie gleich bloß eine Kleinhäuslerstochter ist. Aber wie die Weiber schon sind, die Wally ist ein richtiges Luder. Grad schaut es aus, als wie wenn sie den Toni nur an der Nasen herumführen möchte. In einer Tour ist der Ederer-Wastl von Mertel-

fing bei ihr und hat – scheint sich – auch Chancen bei ihr.
Hingegen, der Toni hat eben was in seinem Hirn. Heute ist die Wally Leixnerin und wie das zugegangen ist, erzählt sich kurz:
Keine Spur ließ sich der Toni anmerken, daß er auf den Ederer-Wastl einen Hock hatte wegen der Wally, im Gegenteil, er hat ihm jedesmal, wenn man sonntags beim Postwirt in Auging oder beim Kranzelwirt in Mertelfing oder beim Wirt Pleschl in Pichelsdorf zusammenhockte, ein paar Maß Bier bezahlt und oft noch vier oder sechs Paar Würst' auch.
»Weil's gleich is, Spezl!« sagte dabei stets der Toni zum Wastl: »Mir geht ja dös bißl Geld net ob, aba dir ois a'ran lumpigen Kloanhaisla leid's natürli dös net . . .«
Und das stimmte ja auch, der Wastl war nichts wie ein notiger Kleinhäusler, und für so was, wenn ihm wer was bezahlt hat, ist er immer eingenommen gewesen. Kurz und gut, jeder hat es schon beinahe gewußt, daß der Wastl den Toni mit der Wally hintergeht, hat den Kopf geschüttelt, wie man zu einem solchen Lumpen so freundlich sein kann und hat zum Toni insgeheim gesagt: »Jetz, du bist doch a richtigs Rindviehch . . . Für dös, daß er di' mit der Wally ausschmierbt, zoist iahm no's Bier aa! . . . Herrgott, wia nu der Mensch so dappi sei konn!«
Aber der Toni hat bloß hinterfotzig gelacht und hat gemütlich gesagt: »Laßts enk nu Zeit . . . Den kriag i scho . . .«
Wie also sozusagen die Freundschaft und das gegenseitige Vertrauen der beiden Rivalen den Höhepunkt erreicht gehabt haben, ist der Toni einmal nach Burtelfing zum Apotheker Mair hinübergeradelt und hat sich eine Flasche Rizinusöl gekauft. Gesagt hat er, bei ihm ginge es absolut nicht mehr durch.
Am andern Sonntag alsdann ist es direkt auffällig gewesen, wieviel Bier der Toni dem Wastl beim Kranzel-

wirt bezahlt hat. Kreuzfidel ist der Wastl geworden und als er zum letztenmal hinausgegangen ist, um seine Blase auszuleeren, hat ihm der Toni einen ausgiebigen Guß Rizinusöl ins Bier geschüttet. Die es gesehen haben, zwinkerten mit den Augen und kannten sich aus.
Der Toni rief schon gleich, wie der Wastl nach dieser Maß gehen wollte: »Nana, oane geht no . . . Oane no! . . . Oa Maß sauf ma no!«
Aber der Wastl ließ sich nicht mehr aufhalten und weil dem Toni gleich in den Sinn kam, holla, der geht zur Wally, ging er auch gleich darauf. Schnell lief der Wastl in die Wagenremise und packte die Leiter. Eine Zeit lang horchte er und wie er meinte, die Luft sei rein, schlich er hinüber zum Rocherer, eins – zwei – drei war er oben bei der Wally und drinnen in ihrer Kammer. Und natürlicherweise nicht bloß da, was sich ja denken läßt. Kurz und gut, im schönsten Schmusen waren der Wastl und die Wally – auf einmal fing dem Wastl sein Bauch an und das wie.
»Herrgott – Herrgottsakra – Herr–rrgo–ott!« hat der Wastl gestöhnt, die Augen aufgerissen und ssst – ist's losgegangen, unaufhaltbar, direkt höllisch war's.
»Sauteifi! . . . Sau!!« hat die Wally geschrien, wie wenn sie angestochen worden wäre, aber es war schon zu spät. Herunten, hinter dem Bilberger seiner Stadelwand, stand der Toni und wartete gemütlich. Kurz darauf ging auch das Wally-Fenster auf und mehr heruntergeflogen als gestiegen kam der Wastl, krächzte und stöhnte und keuchte und ist gerannt wie ein Mordbrenner, den die Polizei verfolgt.
»Laaf nu, Bettscheißer!« hat es aus der Finsternis gerufen, aber einhalten konnte der Wastl nicht mehr.
Am andern Tag ist der Toni mitten am Nachmittag zum Rocherer hinübergeradelt. Er hat sich erst eine Zeitlang mit der alten Bäuerin unterhalten und alsdann ist er zur

Wally hinein in die Stube, hat so hintenrum gefragt nach dem Wastl und wie die gleich aufgefahren ist und gesagt hat: »Loß mir nu mit dem a Ruah! . . . Mit dem Dreckbärn!«, da hat er ihr kurz und bündig eröffnet, daß in acht Wochen Hochzeit sein kann.

»In'n Goodsnam', ja . . . Daß a Ruah is!« gab die Wally ihm zurück und so war's auch.

Wie gesagt, diblamatisch ist diese Heirat gemacht worden.

»BIST ES DU ...?«

I

Das mit dem Steim-Hans von Hallmoos ist also so gewesen: Er hat, nachdem auch seine alte Mutter gestorben ist, mit der Dirn weitergewirtschaftet auf seinem Häusl und es ist ganz gut gegangen. Der Hans ist kein duckmausiger Leimsieder. Er lebt wie ein richtiger Mensch. Er mag trinken, wenn's an der Zeit ist, er ißt richtig, er tanzt bei jedem Veteranen- oder Feuerwehrball, daß alles grad so schnackelt. Bei der Arbeit geht ihm auch was von der Hand, bloß darf sie nicht zuviel werden. Einen guten Witz machen, wen saftig zum Narren halten, hie und da mit einem Weibsbild so seine Sachen treiben – das alles mag der Steim-Hans, bloß wenn sich eine lang ziert und schwer hergeht, kann er es auch bleiben lassen. Reißen tut er sich nicht darnach.
Eine Leidenschaft aber hat er, die läßt ihn oft rein nicht mehr aus, nämlich den gemütlichen Haferltarock. Ins Tarocken wenn der Hans kommt, da bringt ihn so schnell keiner mehr weg.
Kurz und gut, die Weiber sind gewaschen mit allen Wassern und wissen genau, wie sie es angehen müssen, wenn sie einen Mann herumkriegen wollen. Die Steim-Dirn, Fanny Effinger mit Namen, hat sich die Sache genau überlegt. Ein Häusl ohne Schulden, einen passablen Menschen zum Mann und Steimin sein, wird sie sich gesagt haben, so was pack' ich. Mit dem Dummheitenmachen ist es angegangen, der Hans ist mit der Zeit immer griffester geworden und schließlich hat er die Fanny geheiratet. Direkt fidel war es, wie leicht alles gegangen ist, das Aufgebot und die Hochzeit, und gemütlich ging es auch

weiter. Die zwei leben seit einem Jahr gut zusammen und Kind ist keins da.

»I hob's net mit a'ra Stubn voll Bankerten ... Und mei Sach' mächt i für mi!« hat der Hans gleichsam als Motto seiner Ehe vorangesetzt und die Fanny – eine saftige, lustige Person – hat sich nach seiner Meinung gerichtet. Im Dorf heißt es, weil noch kein Kind beim Steim da ist, eine Sau ist sie, die Fanny, aber die hat es der Bürgermeisterin Herschberger beim Heimgehen vom Hochamt schon eingeblasen, das mit dem Herumreden von der Sau. Die Herschbergerin hat diesen Tratsch nämlich aufgebracht.

Gemütlich und schier freundlich, ganz zuckersüß hat ihr die Fanny gesagt:

»Ja mei, woaßt, Bürgermoasterin, bei mir is Griasam und Taaf verlorn ... I hob mir hoit denkt, bessa, i bleib alloa a Sau, ois daß i no Kinda auf d'Welt bring, dö wo aa nix wererdn, ois lauter Säu ...«

Sagt's, lacht glucksend in sich hinein, linst die verblüffte Bürgermeisterin einen Augenblick schelch an und geht durch das Vorgärtl in das Steim-Haus. Die ganzen Hallmooser Weibsbilder reden seitdem natürlicherweise noch ärger, aber die Steims geniert das nicht. Ja, übermütig sind sie, und das wie. Schier ärgerniserregend ist es, wie die Fanny sonntags daherkommt – das Gesicht wie Milch und Blut, einen strammen, vollen Körperbau und adrett angezogen, daß ihr jedes Mannsbild heimlich nachschaut. Und jeden Menschen, der es haben will, lacht sie an. *Ein* Leben ist sie.

»Paß nu auf, Hans ... Dö, moan' i, mog aa andre! ... Dera bist d'scho schier z' weni!« hat der Pichler-Sepp einmal zum Steim gesagt und selbstredend roch der Hans gleich, woher der Wind blies.

»Do kunnts zuageh! ... Wega'ran Weibsbuid hob i no koa Viertelstund nochdenkt! ... Wenn i bei oana Portion Schweinsbrotn net gnua kriag, friß i aa zwoa!« parierte

er diesen versteckten Hieb. Die Hallmooser, die sonst noch um den Tisch hockten, schauten sich bloß an. Keiner sagte mehr was.
Der Pichler-Sepp, dem das keine Ruhe ließ, meinte später beim Heimgehen zum Bleninger-Girgl:
»Ma müassert' iahm eigentli amoi an richtign Poss'n spuin, an Hans! . . . Na wererd er glei staader . . .«
»Ja – a, dös waar net zwida . . . Und an Jux gab's aa . . .«, sagte der Girgl und lachte insgeheim. Es war schon lang nach Mitternacht. Der Mond fiel über die Dächer. Drüben in Haundorf schlug es halb zwei Uhr. Der Bleninger-Girgl schaute auf das Steim-Haus hinüber, dann ging er nachdenklich in das seine. Erst eine halbe Stunde nachher hörte er den Steim-Hans heimkommen. So lang hatte er beim Postwirt in Haundorf noch tarockt.

II

Das Bleninger-Haus steht schräg gegenüber vom Steim-Haus. Der alte Bleninger lebt noch. Sein Ältester, der Sepp, ist anno 17 im Westen gefallen. Außer dem Girgl ist noch eine Tochter da, die sich dem Wieninger-Hans von Straußberg versprochen hat. Der Girgl kriegt einmal das Haus.
Am oberen Heutürl in der Tenne beim Bleninger wenn man steht, sieht man genau in den Stall vom Steim. Mit seiner Schwester, der Rosl, schnitt der Girgl das Gsott und linste alle Augenblicke verstohlen zum Steim hinüber. Die Steimin machte im Stall den Kühen eine neue Einstreu und hantierte flink herum. Gerade gut zum Zuschauen war ihr, aber das – scheint sich – interessierte den Girgl nicht weiter. Er musterte vielmehr die Bäuerin gewissermaßen rein als Erscheinung und bekam mit der Zeit ganz gierige Augen. Dann, wie ihn seine Schwester

anrief, zuckte er ein wenig zusammen und lächelte sehr sonderbar. Gerade so, als wie wenn ihm was Gutes eingefallen wäre.
»Wos host d' denn?« fragte ihn die Rosl, aber der Girgl gab nicht weiter an und brummte bloß: »Ah! ... Nix!«
Am Sonntag darauf saßen wieder einige Hallmooser beim Postwirt in Haundorf. Der Girgl war auch dabei. Der Steim-Hans tarockte schon wieder und war mitunter ganz hitzig. Spät und immer später wurde es.
Der Girgl rückte hie und da recht komisch auf der Bank hin und her und es schaute aus, als wenn er sich langweile oder ungeduldig auf etwas warte. Der Bürgermeister Herschberger von Hallmoos, der Neuchl und der Wegwart Fendt standen auf und sagten: »Wos is 's, Girgl und Pichler, gehts it mit? ... Und wos is 's denn mit dir, Steim, gehst du glei gor nimma hoam ...?«
Der Hans hörte überhaupt nicht. Pichler und Girgl blieben. Dieser sagte: »Gehts nu zua! ... Mir kemma scho noch!«
Um ein Uhr, auf einmal, stieß der Girgl den Steim, der gerade ein pfundiges Herzsolo angemeldet hatte: »Geh weita, Hans! ... Is's scho wieda oans! ... Geh weita! ... Woaßt doch, daß dei Fanny sunst wieda mammst, wo man doch in oia Früah auf Außdorf an Viehchmarkt fahrn ...!«
Fast dringlich sagte er es, aber, wie das schon ist, wenn man eine so schöne Karte beieinander hat, der Steim wurde direkt grantig und knurrte: »Geh, so loß mir doch mei Ruah, wenn i spui ... Geh alloa hoam!«
Der Girgl blinzelte auf den Pichler und der zwickte auch ein Aug' zu.
»Geh hoit weita!« wiederholte der Girgl, aber der Steim war nicht aufzubringen.
»I mog it, sog i! ... Gehts nu zua! ... I find alloa aa hoam!« rief er abermals und daraufhin standen der Girgl

und der Pichler auf und gingen. An der Tür drehte sich der Girgl um und schrie fidel zurück:
»Soit i am End' der Fanny gor ausrichtn, daß d' glei kimmst, Hans, ha . . .?«
Und der Hans, belustigt über seine guten Stiche, lachte breit und sagte: »Ja, dös konnst macha! Meinatwegn! . . . Woaßt ja a so, wo der Schlüssel liegt für d'Haustür! . . . Richt's ihr nu aus, aba schaug, daß 's dir 's Botschamperl it a's Gsicht schütt', d'Fanny . . .«
»Guat! . . . I wui's ausrichtn!« lachte der Girgl genau so zurück, hingegen der Hans schrie schon wieder von neuem, indem er die Herzas in den Tisch patschte: »Gstocha! Raus mit enkern Glump!«
Auf der dunklen Straße sagte der Girgl ganz alert zum Pichler: »Do paß auf, dös werd zünfti! . . . I probier's pfeilgrod!«
Die zwei lachten glucksend und gingen schneller. Vor dem Steim-Haus trennten sie sich. Der Pichler ging heim und der Girgl auf die Steim-Haustür zu. Er tappte ein wenig herum, fand den Schlüssel, ging hinein in den Gang und weiter. Nicht lang darauf war er auch in der Ehekammer vom Steim. Die Fanny rührte sich ein wenig und brümmelte schläfrig: »Bist ös du . . .?«
»Ja, schlaf nu zua, Fanny«, gab der Girgl zurück und richtig – die Steimin tat dies auch. Der Girgl verlor alle Furcht, zog sich aus und legte sich ins Bett. Und schließlich, nach wieder einer Weile, sagte er abermals: »Fanny!« und natürlicherweise blieb es bei dem nicht allein.
»Jaja! Herrgottkreizteifi! . . . He!!« plärrte nach einigen Minuten die Fanny gellend und fing das Schlagen und Puffen an: »Du Drecksau, du mistige! . . . Du Sauhund!«
»Fanny! Fanny, sei stad, sei stad!« grunzte der Girgl und – Mannsbilderkraft bleibt Mannsbilderkraft. Es half der Steimin nichts.
Als der Hans endlich heimkam, war der Girgl längst fort.

Er machte Augen wie ein abgestochener Ochs und kratzte sich bedenklich. Die Fanny lachte auf einmal laut auf. Es schüttelte sie bloß so und jetzt war auch der Hans wieder zufrieden.
»Do host es jetz, mit dein' langn Hockableibn! . . . Grod rächt gschiehcht's dir, wos gehst it hoam!« platzte sie noch fideler heraus und alles an ihr war breit, gesund und alert.
Ganz Hallmoos lachte am andern Tag und was wollte der Hans machen? Ganz frech sagte es ihm der Girgl ins Gesicht: »Du host mir's ja selba o'gschafft und i hob aa net a so sei mögn!«
Seitdem aber geht der Steim-Hans zu rechter Zeit heim. Kind ist keins gekommen und die Weiber sagen wie vorweh von der Steimin: »Dö Drecksau!« Aber die hat sich kein graues Haar darüber wachsen lassen und lacht heute noch über diesen »Ehbruch«, an dem ihr eigener Mann selber schuld war.

DER ZECK'

Irgendeine Sonderbarkeit gibt's in jedem Dorf. In Mettenwang besteht dieselbe aus zwei uralten Austräglern: Brüdern, von denen der ältere zweiundachtzig Jahre alt ist und der jüngere in den Siebzigern steht. Man heißt sie kurzerhand die Schneiderbinder-Buben, und das kommt wahrscheinlich daher, weil sie alle zwei ihr Lebtag lang Junggesellen gewesen sind. Seit ewiger Zeit wirtschaften sie schiedlich und friedlich mit einer ebenso alten Haushälterin, welche man wiederum unter dem Namen »Medi« allerorten kennt.
Das Schneiderbinder-Häusl steht mitten im Dorf, nach altem Bauernbrauch arschlings der Straße zu, was soviel heißt wie: Es zeigt seine Hinterseite dem Vorübergehenden. Still und langsam geht es drinnen zu. Unverändert seit Jahr und Tag. Was passiert denn auch schon unter solchen uralten Leuten!
Einmal aber hat sich doch etwas ereignet, das lange Zeit sonntags in den Wirtsstuben der Pfarrei lustige Gesichter erzeugte. Der Schneiderbinder-Hansei, der ältere von den zwei Häuslern, hat es beim Humpelbräu selber erzählt. Ich habe es mir aufgeschrieben und setze es möglichst wortgetreu hierher.
Einmal in der Früh' sind die drei beim Kaffeesuppenessen zusammengehockt. Jeder hat seine aufgeweichten Brotbrocken hineingeschlampt, eine Zeitlang ohne ein Wort. »Hansei«, hat endlich die Medi gesagt: »Hansei, i hob an Zeck'.«
»An Zeck' host, Medi?« erkundigte sich der Schneiderbinder-Hansei mit seiner langsamen Aussprache und fragte interessiert: »Ja, Medi, wo host'n denn, dein Zeck'?«

Jetzt hob auch der jüngere Peter seinen eisgrauen Kopf, kaute aber stockstumm weiter. Er schaute bloß auf die Medi. Alsdann nahm er wieder einen Brocken auf den schwarzgeränderten Löffel.
Es dauerte wieder eine Zeitlang. Alle drei kauten und sabberten gemächlich. Schwer drückte die Medi allem Anschein nach an der Antwort herum – oder sie hatte sie schon wieder vergessen.
Da fragte der Schneiderbinder-Hansei abermals mit seiner langsamen Art: »Wo host 'n denn, Medi? . . . Dein' Zeck'?«
Die Medi rückte ihren alten Kopf ein wenig herum, alsdann – nicht zum glauben – verzog sie ihre eingefallenen Mundwinkel geschämig wie eine Jungfrau:
»Dös waar ja gor a Toodsünd', Hansei! . . . I trau ma's schier it sog'n . . . I fürcht ma Sünd'n.«
Hansei und Peter schauten großaugert auf sie.
»A Toodsünd', Medi?« fragte endlich der Ältere wieder: »Ja, warum?«
»I schinnier mi schier, Hansei«, gab die Medi Antwort. Sie stockte, sinnierte einen Schnaufer lang und setzte dazu: »Grod, wo d'Unkeischheit dahoam is, hob i'n . . .«
»An Zeck'?« darauf der Hansei. Und »Hm«, machte der Peter.
»Ja, Hansei«, sagte die Medi.
Alle drei machten »Hm« und schauten ratlos drein. Sowas brauchte allerhand Kopfarbeit. Die zwei Schneiderbinder-Buben drückten ihre Oberlippen fest auf den zahnlosen Unterkiefer und schluckten ihre Brocken hinunter.
»Medi?« nahm sich der Hansei endlich ein Herz.
»Ja-a, Hansei?«
Und auf das hin endlich der Schneiderbinder-Älteste: »Wenn i hinschaug, nachha schaam i mi, und wenn i net hinschaug, nachha derwisch i 'n net, an Zeck', Medi.«

Alsdann die Medi:
»Ja-a-a, dös sell scho – und weh tuat a letz – und i selm derwisch 'n it.«
»Hm«, räusperte der Peter dazwischen und glotzte jetzt schon.
»Ja, aba wenn's a Toodsünd is, Medi?« fragte der Hansei.
»Aba weh tuat a mir letz«, wiederum die Alte.
Und der Zuspruch wirkte.
Mit diesen Worten schloß der Schneiderbinder-Hansei:
»Und nachha sog i zu ihra: ›No, Medi, in Goodsnam' – i beicht hoit wieda.‹ Und nachha sog i: ›Heb schnell dein'n Rock auf!‹ und sie hot's to. Nachha hob i hoit hi gschaut auf ihra Unkeischheit und hob's packt mit oia G'woit – und a sellers Trumm Zeck' is's scho g'wen, daß i no nia koan sellern gsehng hob ... Da Medi ihra ganze Unkeischheit is zua gwes'n, so a Trumm is er g'wen, der Zeck'! ... I hob übahaaps nix gsehng, aba scho radikai gor nix von sechst'n Gebot! Radikai nix! ... Dös konn ja nachha do koa Toodsünd sei, moan'i ...!«
Auch ich bin der felsenfesten Überzeugung, daß der Schneiderbinder-Hansei das nicht zu beichten braucht. Ganz gewiß nicht.

DER UNGEWÖHNLICHE ZEUGE

Unserer altbayrischen Auffassung nach ist's mit dem Heiraten immer wie mit einem Lotterielos. Es kann dir Glück bringen, aber auch das Gegenteil. Letzteres ist weit eher der Fall, weil das Glück was Seltenes ist. Aber ganz gleich, getreu nach dem christ-katholischen Spruch »Was unser Herrgott zusammenfügt, soll der Mensch nicht auseinanderreißen«, hat man früherszeiten eben miteinander gelebt und sich in Geduld ins Grab hineingeärgert. Daß sich verheiratete Leute scheiden haben lassen, das hat es damals nicht gegeben, da war noch eine Ordnung. Jetzt ist das ganz anders. Ganz lumpig und unordentlich geht's heutzutag' in dieser Hinsicht bei uns zu. Unsere hochwürdige Geistlichkeit hat da so ihre Sorgen, noch schwerer aber ist es für die Richter, in jedem Fall die richtige Entscheidung zu treffen.

Da ist zum Beispiel neulich vor dem Zivilgericht unseres Bezirksortes Perming über die Scheidungsangelegenheit des Joseph Antelsberger, Häusler und Gelegenheitshändler in Offelfing, und seiner Ehefrau Kreszenzia, wohnhaft dortselbst, verhandelt worden.

Schon der Großvater und der Vater vom jetzigen Antelsberger haben es nicht mit der schweren Bauernarbeit gehabt und allerhand Handelschaften getrieben, und der Sepp macht dasselbige. Er verhandelt manchmal ein Roß, eine Kuh oder einen Ochsen, einen Leiterwagen und, wenn sich's grad gibt, auch einen Wachhund, denn darauf versteht er sich ganz besonders; er vermittelt Haus- und Grundstücksverkäufe und ist als lauter Wirtshausunterhalter, Witzvogel und Aufschneider überall bekannt. Vor allem aber ist er immer unterwegs in unserem weiten Gau. Deswegen ist seine Zenzl – eine frühere Kellnerin, groß, füllig und in den besten Jahren – die meiste

Zeit allein, und darum ist das zwischen ihr und dem Malergesellen Johann Torfner passiert. Der Torfner ist ein eingewanderter Sudetendeutscher, und er arbeitet seit etlichen Jahren beim Dekorationsmalermeister Leitner, wo er auch wohnt. Beim Leitner mögen sie ihn, weil er ein ruhiger, fleißiger Mensch ist, der von seinem Fach was versteht. Er hat recht umgängliche Manieren, ist groß und mager, glattrasiert und schwarzhaarig, er tanzt gut und geht städtisch gekleidet, muß also einmal bessere Zeiten gehabt haben. Die unverheirateten Weiberleut' sehen ihn ausnehmend gern, aber auffälligerweis' interessiert ihn bloß die Antelsbergerin, und öfter hat man ihn dort schon aus und ein gehen sehen, wenn der Sepp unterwegs war. Da hat alsdann langsam ein Gemunkel angefangen und, selbstredend, hat der Sepp bald davon gehört. Als gewitzter Mensch, den man nicht leicht hinters Licht führen kann, hat er aufgepaßt, hat seiner Zenzl hübsch zugesetzt, scharfe Auseinandersetzungen sind gekommen, das Gerede in der Umgegend ist immer deutlicher geworden, und, sagt der Sepp an einem Tag zu der eingeschüchterten Zenzl: »Daß du di' auskennst, du Saumensch, du dreckig's! In mei'm Haus bist du dö längste Zeit g'wesn! Dö Sach wird jetzt g'richtsmaßig g'macht!« Für so was braucht er keinen Anwalt, hat er siegessicher gemeint, fürs Reden noch Geld ausgeben, ausgeschlossen, reden kann er selber.

Es läßt sich denken, daß bei der Verhandlung in Perming eine Masse neugieriger Offelfinger waren. Leider aber – wie das bei uns schon ist, wenn einmal was vor Gericht kommt –, einmischen mag sich da keiner. Irgendeinen Zeugen hat der Sepp nicht daherbringen können, welcher gegen die Zenzl oder den Torfner ausgesagt hätte. Für diesen aber hat der Leitner ein sehr gutes Leumundszeugnis abgelegt, zudem hat der Torfner auch noch einen Anwalt gehabt. Überhaupt, wenn man gesehen hat, wie steif und fremd sich die Zenzl und der Torfner gegeneinander benommen haben, mit was für einer unbefangenen Sicherheit sie alles rundweg abgeleugnet haben, da hat der Mißtrauischste zugeben müssen, daß alles bloß Dorftratsch war. Dem Sepp sein findiges Maulwerk hat nichts geholfen. Der Richter hat die Scheidungsklage abgewiesen.

»So«, sagt der Sepp zuletzt: »Soso, also man glaubt da einfach einem rechtschaffenen Menschen nichts ... Soso, dös werd'n mir ja sehn!« Der abgehende Richter aber hat ihn streng vermahnt und gemeint: »Ihre Beweise sind nicht stichhaltig, basta! Enthalten Sie sich solcher Äußerungen, Herr Antelsberger, sonst muß ich Sie wegen Beleidigung des Gerichts belangen!« Aus war es. Das ist auf dem Sepp sitzengeblieben. Mit dem Torfner sind die Leitners in den Unterbräu gegangen, viele Dorfleute waren dabei und alles hat dem ordentlichen Menschen gratuliert. Der Sepp hat zu seiner Zenzl einfach gesagt: »Mach' nu, daß d' hoamkummst oder geh' auch zum Unterbräu ... Mir sin quitt!« Er hat sich einen Mordsrausch angesoffen und nach dem Heimkommen tief in der Nacht randaliert, daß es eine wahre Schand' gewesen ist. Grob oder gewalttätig ist er zu der Zenzl nicht geworden, denn, hat er sich genau überlegt, die Schuld muß bei ihr bleiben, alsdann kann sie meinetwegen wieder eine Kellnerin machen, von mir kriegt sie keinen Pfennig. Aber einen ruhigen Tag hat die Zenzl von da an nicht mehr gehabt, ja, besonders in Ängsten war sie, weil sie nie gewußt hat, was der Sepp hinterlistigerweis' gegen sie ausheckt. Einmal aber alsdann an einem langweiligen, verregneten Sonntag, wie der Sepp so grantig in der Stube hockt und seinen scharfen Wachhund gemütlich streichelt, hebt er unverhofft seinen Kopf, schaut die Zenzl niederträchtig an und sagt, indem er leicht durch die Zähne pfeift: »Holla, du Dreckfetzen! ... I hob's!«

Die Zenzl hat nichts gesagt, ist hinaus in die Kuchl und hat geweint. Etliche Wochen darauf sind sie, der Torfner und der Sepp, wiederum vor dem Zivilgericht in Perming gestanden, bloß mit einem kleinen Unterschied: Der Sepp hat, trotzdem daß man gerichtlicherseits energisch dagegen Einspruch erhoben hat, seinen »Tyras«, den scharfen Wachhund, dabeigehabt.
»Der«, hat er mannhaft gesagt, »der, Herr Richter, ist mein bester Zeuge ... Den schlengt keiner ...« Nach einigem heftigen Hin und Her, wobei es auch hie und da ein bißl humorvoll zugegangen ist, hat sich der Richter auch tatsächlich dazu verstanden, den ungewöhnlichen Zeugen gelten zu lassen und das hat den Torfner des Meineids überführt, und für die Zenzl war es auch der Ruin. Nämlich, hat der Sepp frech wie der gewitzteste Anwalt beantragt, in ganz Offelfing weiß man, wie scharf und gefährlich sein »Tyras« ist, und man soll's von gerichtswegen ausprobieren, ob der Hund nicht jeden unbekannten Menschen, der ihm in die Nähe kommt, sofort stellt und auf denselbigen losgeht! Zum zweiten, ob er so was auch beim Herrn Torfner tut.
»Huj! Jetz hot er'n!« ist dabei dem Bader Lenglinger herausgerutscht, und alle Offelfinger Zuhörer haben gelacht, wenngleich der Richter sich ganz energisch jede Ruhestörung verbeten hat. Die Zenzl hat verlegen die Augen niedergeschlagen, der Torfner ist auf einmal käsweiß geworden und hat geschluckt, umsonst ist der Einspruch seines Anwalts gewesen, der boshafte Richter hat nach kurzem Überlegen dem Antrag vom Sepp stattgegeben.
»Herr Torfner«, hat er gesagt, »bitte, gehn Sie hin zu dem Hund und streicheln Sie ihn!« Der Torfner hat verdattert gestockt und nicht weiter gewußt, schließlich hat er etwas herausgestottert.
»Gehn Sie hin!« hat der Richter bestimmter wiederholt,

und was passiert da? Schon beim ersten Schritt, den der Torfner auf ihn zumacht, schaut der »Tyras« ihn an und wedelt freundlich mit dem Schweif. Da und dort kichert es schon wieder, aber wie jetzt der Torfner, sich ganz einfältig furchtsam stellend, zögernd die Hand ausstreckt, lachen schon alle – der Hund nämlich tappt zu ihm hin, schmiegt sich sofort an ihn und läßt sich streicheln wie altgewohnt.
»Die Gegenprobe!« verlangt der Anwalt, und der Sepp zieht grinsend seinen Hund zurück, indem er zu dem zungenfertigen Herrn sagt: »Probier'n Sie's, Herr Doktor!«
»Fällt mir nicht ein!« drauf der Anwalt empört und stampft leicht einen Fuß auf. Schon ist der »Tyras« sprungbereit. Er fletscht schon mit den Zähnen, und als der couragierte Gerichtsdiener, den die Sache freut, neugierig die Hand ausstreckt, schnappt er bissig danach, knurrt drohend und fängt mordialisch zu bellen an.
So eine Gerichtsverhandlung hat Perming noch nie gesehen. Seither lebt der Sepp kreuzfidel allein in seinem Häusl, und die Zenzl, heißt es, ist in München wieder eine Kellnerin. Seit einiger Zeit sitzt der Torfner seine Strafe ab, basta!

DAS GERÜST

Nie und nimmer wären vermutlich amerikanische Luftbomben auf den weitbekannten Marktflecken Heimertshausen niedergesaust und hätten so einen argen Schaden angerichtet, wenn dort nicht zu Kriegszeiten unterm Hitler eine große Uniformfabrik gewesen wäre. Heute sind bloß noch die ausgebrannten Ruinen davon da, und es hat über ein halbes Jahr gedauert, bis der danebenliegende Bahnhof, den es dabei weggeputzt hat, wieder notdürftig in Betrieb gesetzt werden konnte. Er ist jetzt nur noch ein langgestreckter, barackenähnlicher Holzbau, und die Gleisanlagen lassen heute noch viel zu wünschen übrig. Viele Häuser des Bahnhofsviertels sind völlig zerstört, andere schwer mitgenommen, aber wie durch ein Wunder ist das massive, etwas protzige, villenartige Wohnhaus vom Metzgermeister Franz Xaver Mergenthaler verschont geblieben.

Es steht freilich schon weiter weg vom eigentlichen Bahnhofsviertel, hat einen ansehnlichen Garten und jetzt, weil alles drum herum weg ist, sieht man von seinem Balkon im ersten Stock die ganze Gebirgskette.

Selbstredend hat es sofort ein neidisches Herumraunzen gegeben wegen dem Mergenthaler seinem Glück, und schließlich, wie die vielen Flüchtlinge, hauptsächlich aus der sudetendeutschen Gegend, dahergekommen sind, ist es alsdann sogar soweit gekommen, daß man dem Metzgermeister zwei landfremde Familien ins Haus getan hat. Damit aber war es mit dem Ärger noch nicht genug. Jetzt baut die »Gemeinnützige Wohnhausbaugenossenschaft« schon über drei Monate zwei fünfstöckige Mietshäuser vor dem Mergenthaler seine luftige Aussicht. Beim dritten Stock ist man schon angekommen.

Es läßt sich denken, was der Mergenthaler und seine Frau, eine saftige Vierzigerin – die samt Krieg und nachherigem Elend nichts von ihrer anziehenden Fülligkeit verloren hat und seit jeher recht überheblich herrschaftlich auftritt –, was die zwei für eine Wut über all das haben.
»Hat man schon jeden und jeden Tag seine Reibereien mit diesen Fremden im Haus, die alles ruinieren«, soll die Mergenthalerin gegrantelt haben: »Und jetzt noch den Dreck und Staub von dem Bauen! . . . Und unsere gesunde, schöne Aussicht ist auch futsch!« Wie nämlich die Sudetendeutschen ins Haus getan worden sind, haben sich die Mergenthalers in die oberen fünf Zimmer verzogen.
Aber mit der Zeit sind die Eheleute wieder ins Gleichgewicht gekommen. Wie in früheren Zeiten geht der Mergenthaler wieder jeden Donnerstag zu seinem gewohnten Tarock zum Postwirt, und bei Vereinsfestlichkeiten und den üblichen Bällen schließen sie sich nicht aus.
»Schon g'schäftshalber geht das net«, sagt der Xaverl, aber wer genauer hinschaut, der merkt schnell, daß das seinen Grund darin hat, weil die Marie, seine Frau, sich bei solchen Festivitäten recht gern bewundern läßt.
Tanzen tut sie überhaupt noch wie eine Junge, und selbstredend freut es den Xaverl, wenn allseits anerkennend über seine noble, saubere Marie gesprochen wird. Seit eh und je hat sie es verstanden, sich entsprechend herzurichten.
Seit etlichen Monaten hingegen ist der Xaverl recht wortkarg und fast jeden Tag grantig. In der Metzgerei kann's ihm kein Geselle recht machen; daheim wenn er hockt, redet er auch bloß noch das notwendigste und fixiert seine Marie in einem fort mißtrauisch. Wenn sie ihn alsdann harmlos lustig fragt: »Was schaugst denn, Xaverl?

Stimmt was nicht an mir? Ist dir was nicht recht?«, so brummt er höchstenfalls: »Ah, nix! . . . Gar nix!«
»No, nachher weiß ich net!« schließt sie und natürlicherweis' wird sie schließlich auch verstimmt. Ihr gutes Kochen, ihre Schmeicheleien, kurzum alles, was an ihr nett ist, stimmen ihn nicht besser. Gar arg aber ist's beim Tarocken im Postwirts-Stüberl seither. Auffälligerweise sauft der Xaverl ziemlich, und beim Spiel wird er dann unerträglich rechthaberisch und streitsüchtig.
Neulich endlich hat sich wenigstens für einen Menschen das Geheimnis seiner Veränderung gelüftet, nämlich für den Maurermeister Hirschhammer, dem Xaverl seinen Schulkameraden und Freund, der noch jeden Tag wie einer von seinen Maurern auf dem Baugerüst des anwachsenden Mietshauses der »Gemeinnützigen« steht und von früh bis Feierabend Ziegelstein um Ziegelstein aufeinandermörtelt.
Beim Heimgang in der Nacht vom Tarock, wie die zwei hübsch bierschwer dahintorkeln und endlich stehenbleiben, um ihr Wasser abzuschlagen, sagte der Xaverl auf einmal halblaut und sehr ernst zu seinem Freund: »Toni, ganz unter uns und unter vier Augen, i' will dir wos sag'n, da wost bloß *du* mir helfa kannst . . . Bloß dir sag' ich's. Toni!«
»Wos denn, Xaverl? . . . Daß bei dir schon lang was nimmer stimmt, hob' i gleich g'merkt«, meinte der Hirschhammer drauf, und da endlich ist es dumpf und bedrängt aus dem Xaverl gekommen.
»Toni«, hat er schmerzhaft gesagt, »Toni . . . Sie hintergeht mich!«
»Wer?« will der Toni wissen und schaut seinem traurigen Freund ins Gesicht.
»Mei' Marie! Dös Saumensch, dös!« gesteht der: »Nochweis'n konn i' ihrer noch nix, aber so was riacht ma', Toni! . . . Derwischen wenn i s' tua, auf der Stell' loss i

mi' scheidn von ihrer! ... Beim Doktor Simmeringer, meinem Anwalt, bin i schon g'wes'n, aber der sogt, entweder muaß i sie in flagranti derwisch'n oder an Tatzeug'n hobn, der wo einen Eid drauf oblegt ...«
Nämlich, erzählt der aufgebrachte Mergenthaler, unter den »Böhmackischen« in seinem eigenen Haus, da sei ein Kunstmaler, ein Schlawiner durch und durch, Roller, Franz Roller schreibe er sich, und mit dem habe sich die Marie ehebrecherisch eingelassen.
»Z'erscht hot er s' gmalt und nachher is's weiterganga«, schließt er. Der volle Mond scheint in sein zorniges Gesicht. Er faßt sich kurz und sagt auf einmal ganz anders: »Und du, Toni, du siehst doch vom Baug'rüst in unser' Wohnung ...«
»Hujt! Holla! ... I versteh di', Xaverl!« machte der Toni und mit einem Eifer, der dem Mergenthaler direkt ans Herz greift, verspricht er alle nötige Hilfe. Kampfbereit gehn sie auseinander.
Jetzt aber wird es dramatisch, und so was verträgt keine Weitschweifigkeit mehr. Kurz darauf sind der Mergenthaler mit seinem Anwalt, die Marie und der Franz Roller in Sachen »Ehescheidung« vor Gericht gestanden.
»Können Sie, Herr Mergenthaler, Ihre Behauptungen durch eigene Beobachtungen beweisen oder haben Sie einen Zeugen, der die ehebrecherische Betätigung der beiden Beschuldigten gesehen hat und beeiden kann?« fragte der Richter.
»Den Zeugen hob' i, Herr Amtsrichter!« drauf der geharnischte Xaverl, und er nennt seinen Freund, den Hirschhammer.
»Der Zeuge Hirschhammer Anton!« ruft der Richter und schaut herum: »Wo ist er? ... Draußen? ... Gut, rufen Sie ihn herein!«
Der Gerichtsdiener macht die Türe weit auf, schreit den Namen, stockt ein wenig, dann macht er die Türe noch

weiter auf und – hereingetragen auf einer Tragbahre wird ein Mensch, um und um verbunden. Alles stutzt, aber sofort hebt der Verbundene den Kopf, nennt seinen Namen, und auf die Frage des Richters, ob er vernehmungsfähig sei, antwortet er mit einem lauten: »Jaja, durchaus!« Die Personalien des Zeugen werden aufgenommen, und er wird vereidigt.
»So«, sagt alsdann der Richter leger und blättert in seinen Akten: »So, also Herr Hirschhammer, Sie behaupten in Ihrer bereits schriftlich abgegebenen Erklärung, daß Sie zwischen Frau Maria Mergenthaler und dem Herrn Franz Roller ehebrecherische Dinge beobachtet haben . . . Erzählen Sie uns einmal . . . Wo haben Sie am vierzehnten August nachmittags um drei Uhr – stimmt das?«
»Ganz genau, Herr Amtsrichter, auffallend genau!« bestätigte der Hirschhammer geweckt.
»–also wo haben Sie die Frau Mergenthaler beobachtet?« ergänzt der Richter.
»Im Wohnzimmer hinterm Balkon . . . Durch die offene Balkontür', Herr Amtsrichter«, antwortete der Maurermeister.
»Ja, aber das betreffende Wohnzimmer befindet sich doch im ersten Stock! Wieso haben Sie denn da hineinschauen können?« forschte der wißbegierige Richter weiter.
»Ja, net wahr, wissen Sie, Herr Amtsrichter, ich arbeit' doch gegenüber auf'm Bau. Ich steh' doch jeden Tag auf'm Gerüst«, erzählte der Hirschhammer.
»Ach so!« begreift der Richter: »Also von dort aus haben Sie die Frau Mergenthaler gesehen? Und was war dann weiter?«
»Alsdann ist die Tür' auf'gangen, und der Herr Roller ist herein'kommen«, wiederum der Zeuge.
»Soso!« meint der Richter und fragt weiter: »Und haben die beiden irgendwas gemacht?«
»G'macht? . . . Jaja, g'macht haben sie allerhand«, wird

der Hirschhammer mitteilsamer: »Zuerst haben sie ein bißl g'lacht und g'scherzt und alsdann haben sie sich nackert aus'zogn ... Alle zwei! Pudelnackert!« Das Hochdeutschreden fällt ihm sichtlich schwer, immer fällt er wieder in unsern Dialekt.
»Hmhm«, machte der Richter, als wie wenn ihm diese pikante Mitteilung ausnehmend gut ins Ohr geht: »Und was war dann?«
»No, nachher haben sie sich abbusselt und das wia! ... Ganz pfundig!« kommt ihm der hellhörige Maurermeister gemütlich entgegen und lacht ein bißl.
Abermals der Richter:
»Sie haben sich also gegenseitig abgeküßt? ... Und was war weiter?«
»Weiter ...?« meint der Hirschhammer: »Ja, dös weiß i net!«
»Ja, wieso wissen Sie denn das nicht?« stutzt der Richter leicht ungeduldig: »Ich denke, Sie haben alles gesehen?«
Doch der Maurermeister schüttelt hartnäckig seinen verbundenen Kopf: »Nana, Herr Amtsrichter, weiter? – Weiter hab' ich nichts mehr gesehn!«
»Was? ... Ich versteh' nicht recht!« wiederum der verblüffte Richter: »Weiter haben Sie nichts mehr gesehen?«
»In dem Moment nämlich ist 's G'rüst einbrochen«, bezeugt der Hirschhammer gemütlich: »Denn, wissen S', Herr Amtsrichter – dreißig Mann wenn amoi drob'n stehn, das tragt a so ein G'rüst nimmer ...«

KLEINE NACHBEMERKUNG

Nachdem das Manuskript dieses Buches fertig war, las ich es einem kleinen Freundeskreis vor. Man machte mich darauf aufmerksam, daß einiges darin – zum Beispiel »Dinggei« und »Bist es du« – in Motiv und Handlung etwas Ähnlichkeit mit Geschichten aus dem Dekameron des Boccaccio hätte. Da meine Bildung mangelhaft ist, bitte ich um Verzeihung – ich habe das Buch leider nicht gelesen und weiß also nicht, inwieweit ich mich »angelehnt« habe.

Meine hier erzählten Geschichten sind – bis auf jene, die ich selber als nacherzählt angab – überhaupt nicht erfunden. Ich kann nur Anspruch darauf machen, sie niedergeschrieben zu haben. Passiert sind sie größtenteils in meiner altbayrischen Heimat, und eigentlich ist der Urheber all dieser hoffentlich unterhaltsamen Begebnisse das Landvolk zwischen Isar und Inn.

Wer sich gern dran stoßen will, mag's ruhig tun. Ihm ist nicht zu helfen.

OSKAR MARIA GRAF

NACHWORT

Von Martin Sperr

Eine schwere Kindheit, das wilde Leben der Bohème und das chaotische der Revolutionsjahre hat Oskar Maria Graf hinter sich, als er gegen Ende der zwanziger Jahre mit seiner zweiten Frau Mirjam zu einer »kleinbürgerlichen Wohltätigkeit« kommt. Und wenn in diesem relativen Wohlstand von Graf nicht dauernd hätten Löcher gestopft werden müssen, wäre »Das bayrische Dekameron« vielleicht gar nicht geschrieben worden. Auf seine Unfähigkeit, mit Geld umzugehen und seine dauernde Finanznot geht die Vertragsunterzeichnung beim Wiener Drei-Zinnen-Verlag, der einen lockenden Vorschuß bot, zurück. Dafür wollten sie »Geschichterln, grad noch hart am Polizeiverbot und an der Zensur vorbei«.

Diese »Gschichterln« schrieb Graf im Nu, angeblich in zwei Wochen, gleichsam aus dem Stegreif. Er erweist sich dabei als ein lustiger und deftiger Erzähler von erotischen Vorkommnissen auf dem Land in seiner Heimat Bayern. Schnurrig, leicht, zuzeiten derb, ja sogar brutal ist er dabei manchmal.

Und Graf kommt auch nicht drum herum, etwas zu tun, was er selbst ablehnt: nämlich zu typisieren und Extreme in einer Weise zur Schau zu stellen, daß das bayerisch-bäuerliche Milieu, das sein eigenes Lebenselement darstellte und das er so gut kannte und erfaßte, vom Leser als etwas Exotisches verkonsumiert wird. In diesem Bändchen ist er, im Gegensatz zu seinen großen autobiographischen und politischen Romanen, selbst nicht frei von dem, was er seinen Landsleuten zum Vorwurf macht. In seinem Erinnerungsbuch »Gelächter von außen« schreibt er über die Umstände, die das Erscheinen seines

Buches »Bayrisches Lesebücherl« (1924), begleiteten: »Für Nichteinheimische bedeutet ›bayrisch‹ ja fast immer so etwas wie ein herzerfrischendes Hinterwäldlertum auf Bauernart, eine mit dickem Zuckerguß sentimentaler Verlogenheit reizend garnierte Gebirgsjodler-Idylle, ein schlicht-inniges bier-katholisches Analphabetentum als Volkscharakter und im besten Falle eine bäuerlich pfiffige Gaudiangelegenheit. Rundherum gesagt also: etwas entwaffnend Einfältiges, über das jeder Mensch eben wirklich nur noch lachen kann. Dafür sorgten meine Vorgänger bis hinauf zu Ludwig Thoma reichlich, und das Unappetitliche dabei ist: während sich zum Beispiel die Juden mit vollem Recht und in natürlicher Selbstverständlichkeit ganz entschieden gegen jeden Antisemitismus wehren, reagieren wir geschäftstüchtigen, animalisch gefallsüchtigen Bayern gegen den von uns selbst geschaffenen Antibavarismus völlig entgegengesetzt. Wir hegen und pflegen, hätscheln und steigern ihn, damit uns nur ja die ganze Welt als ein Volk von ›blöden Seppln‹ ansieht.«

Wie gesagt: Graf kann sich durchaus in die Reihe der von ihm Geschmähten — wie auch an anderer Stelle Gelobten — einordnen.

Zu dieser Zeit hält Graf die Schriftstellerei auch noch für eine ziemlich fragwürdige Angelegenheit, für eine mühelose Beschäftigung, die sich lediglich aus einem lustvollen Erzählertalent, aus sehr viel Eitelkeit, etlichen originellen Ideen und einem sehr frechen, draufgängerischen Leichtsinn zusammensetzt. Das ändert sich mit dem Erfolg seiner Autobiographie »Wir sind Gefangene«, die ein Jahr vor dem »Dekameron« 1927 erschien, mit einem Schlag. Von nun an begreift er sich als »engagierter Schriftsteller, dessen Talent ihm zugleich eine unabdingbare, menschliche und soziale Verpflichtung ist«. So schreibt er im Frühjahr 1965 im Vorwort zur Neuaus-

gabe jenes Buches zu seinem früheren Schaffen: »Ganz gewiß nämlich lag in allem Schönen, in jeder Kunst etwas Humanes, aber dieses Humane entzückte und rührte stets nur, zerfloß wieder und blieb ohne tiefergehende Wirkung. Es drang nicht hinein in die Zweideutigkeit des menschlichen Charakters, es zerstörte nicht dessen ererbte, gedankenlos übernommene Vorstellungen, es war nicht imstande, den feigen, meinungslosen Jedermann zu einem selbständig denkenden und handelnden Menschen zu machen.«
Daraus ist es wohl auch zu verstehen, daß ihn der schnelle Verkaufserfolg des »Dekameron« — sofort nach dessen Erscheinen — beunruhigte, obwohl dieser sich als willkommene zuverlässige Einnahmequelle erwies. Er befürchtete, in die Trivialliteratur abgeglitten und damit für alle Zeiten abgestempelt zu sein. Er sagte später: »Der allzuschnelle Ruhm dieses im Handumdrehen verfertigten Büchleins überschattete alle meine späteren ernsthaften Arbeiten«. Da täuschte er sich, glücklicherweise.
Und wenn man die Äußerung von Lion Feuchtwanger zu den lustig-unterhaltsamen Bauerngeschichten liest, ist man geneigt, den Konflikt von Graf für einen künstlichen zu halten. Feuchtwanger schreibt von seinem Landsmann und Freund, daß sich dieser nie lange damit abgegeben habe, zu stilisieren. Seine starke Wirkung rühre gerade daher, daß er unverziert und unerbittlich hinschreibt, was ist. Schon der Tonfall des Bayerischen mache jede Phrase lächerlich und Oskar Maria Graf beherrsche dieses Bayerisch wie kein zweiter. »Unsentimental wie seine Menschen sieht er die Welt, bildhaft und derb wie sie. Was er hinschreibt, steht da, klar und fest wie die bayerischen Berge unter dem bayerischen Himmel.«
So mancher Bauernwitz, manche Schnurre und derbe Wirtshausgeschichte, ja sogar mancher Witz wurde auf

diese Weise der nur mündlichen Überlieferung entzogen und als eine Art Volksgut erhalten. Graf behauptet selbst, die erzählten Geschichten seien überhaupt nicht erfunden, bis auf jene, die er selbst als nacherzählt angibt. Sie seien größtenteils in seiner altbayerischen Heimat passiert, und eigentlich sei der Urheber dieser hoffentlich unterhaltsamen Begebnisse das Landvolk zwischen Isar und Inn. Er erhebt nur den Anspruch, die Geschichten niedergeschrieben zu haben. Ob er wirklich, wie er in seiner Nachbemerkung behauptet, den »Dekameron« von Boccaccio nicht gekannt hat, ist mindestens zweifelhaft, wenn nicht einfach falsch.
Die vorliegende Neuauflage fällt in eine Zeit der »Wiederentdeckung« Grafs, wie auch des Bayerischen an sich. Die Wiederentdeckung der bayerischen Sprache und manchen Dialekts für die Literatur, das Theater und auch den Film begann Mitte der sechziger Jahre. Die Sprache wurde aus der Abstraktion des Hochdeutschen herausgenommen. Damit verlagerte sich auch der Schauplatz an einen ganz bestimmten unverwechselbaren Ort. Diese Belebung hält noch an und dabei ist Graf einer der wichtigsten Repräsentanten der bayerischen Schriftsteller, deren Bedeutung weit über Bayern hinausreicht. Ihre Stärke liegt in der ausgeprägten Beobachtungsgabe und in der genauen und detaillierten Beschreibung des Beobachteten. Das führt zu der Entwicklung einer neuen Form von Selbstbewußtsein, die nach dem Krieg in dieser Zeit begann.
Grafs menschliche und literarische Basis blieb immer diese Bindung an das Land Bayern, seine Menschen und ihre Sprache, auch wenn er durch sein politisches Engagement und all die Stadien der Emigration in die Rolle des Weltbürgers gezwungen wurde. Ein gewisser Zwiespalt scheint das für ihn immer geblieben zu sein, denn nur zu gern gab er sich selbst als den typischen Bayern

aus, pflegte einen Bavarismus, den er für das Bild des Bayern für so schädlich hielt.
Bis zum Schluß legte er Wert darauf, vital, tolldreist, ja zotig zu erscheinen. »Krachlaut« war für ihn ein Lieblingsbegriff. Er gefiel sich in der Rolle eines kraftstrotzenden Originals, was seine Gewichtigkeit von zweieinhalb Zentnern noch unterstrich. Die Auftritte in der Gesellschaft inszenierte er. Er verstand es »da zu sein«. Es war ihm wichtig, niemals übersehen zu werden. Andererseits zeigte er politisches und soziales Engagement und wußte um die unerschöpfliche Kraftquelle der Solidarität. Aber selbst wenn er schreibend und lebend beim derben, tolpatschigen Typ landete, blieb er unsentimental. Somit haben sowohl Feuchtwanger als auch Graf in ihrer Beurteilung der »Gschichterln« recht. Die kleine Prosa ist großartig in der Kraft, die von Grafs Sprache ausgeht und ist auch, wie Graf befürchtete, ein Stück Trivialliteratur. Aber ein Stück Trivialliteratur, das sich auszeichnet durch Ursprünglichkeit und Unmittelbarkeit, denn die »Gschichterln« stimmen zu der Person Graf und sind mit der ihm eigenen Lebendigkeit und Deftigkeit erzählt.
Beim Erscheinen des Bändchens ging davon sogar eine Schockwirkung aus, woraus sich unter anderem auch der sofortige Verkaufserfolg erklärte. Heute mag der Anreiz weitgehend ein anderer sein. Das Milieu, das Graf schildert, ist einem besonders schnellen Wandel ausgesetzt. Die Geschichten vom Lieben auf dem Dorf haben schon fast etwas Nostalgisches, die Erinnerung an eine ferne Zeit des ungebrochenen Naturmenschen. Daß das jedoch nicht die einzige und dominierende Seite auch des Lebens damals war, davon zeugen deutlich seine anderen großen Romane, die zu lesen von diesem Buch ein Anreiz ausgehen könnte.

Oskar Maria Graf

Unruhe um einen Friedfertigen

Roman. www.list.taschenbuch.de
ISBN 978-3-548-60457-2

Ein eindringliches Panorama der Zeit vom Ersten Weltkrieg bis zur Machtergreifung Hitlers: Im beschaulichen bayrischen Dorf Aufing wird der Schuster Julius Kraus plötzlich mit seiner jüdischen Herkunft konfrontiert.

»Grafs intensive, gesteigerte Wirklichkeit gelangt mehr als einmal zu alleräußersten Romanszenen, ich fand mich in der – nicht mehr häufigen – Kunst der Meister.«
Heinrich Mann

List Taschenbuch

L146

Fritz J. Raddatz
Unruhestifter

Erinnerungen. www.list-taschenbuch.de
ISBN 978-3-548-60479-4

Wo er hinkam, stiftete er Unruhe – aber eine aufklärerische, anregende, produktive. Furios und brillant führt uns Fritz J. Raddatz durch sein bewegtes Leben. Alle Großen aus Literatur und Publizistik der vergangenen Jahrzehnte treten auf: von James Baldwin bis Henry Miller, von Christa Wolf bis Günter Grass. Ein kulturhistorisches Kaleidoskop unserer Zeit – glamourös, amüsant, bewegend.

»Bravourös« *Focus*

»Fabelhaft fesselnd geschrieben – ein Buchereignis von Rang.« *Joachim Kaiser, Süddeutsche Zeitung*

»Nur wenige Autobiographien sind gut – zum Beispiel die von Raddatz.« *Die Welt*

List Taschenbuch

L225

Mihail Sebastian

»Voller Entsetzen, aber nicht verzweifelt«

Tagebücher 1935–44
www.list-taschenbuch.de
ISBN 978-3-548-60635-4

Es war eine literarische Sensation, als Mihail Sebastians Tagebücher 1935–44 Mitte der 90er Jahre in Rumänien und bald darauf in Frankreich, England und den USA erschienen. Das lange vergessene Hauptwerk des rumänischen Dichters ist ein einzigartiges, aufwühlendes Zeugnis der Menschenwürde, das das Leben in der Verfolgung und unter wachsender Todesgefahr dokumentiert.

»Ein entsetzliches, ein grandioses, ein Jahrhundertbuch« *Die Welt*

»Ein außerordentliches Zeitdokument, ein ergreifendes Logbuch des Herzens« *Frankfurter Rundschau*

List Taschenbuch

L238

Marlen Haushofer
Die Wand

Roman. www.list-taschenbuch.de
ISBN 978-3-548-60571-5

Eine Frau wacht eines Morgens in einer Jagdhütte in den Bergen auf und findet sich eingeschlossen von einer unsichtbaren Wand, hinter der kein Leben mehr existiert ...

Eines der Bücher, »für deren Existenz man ein Leben lang dankbar ist«. *Eva Demski*

»Wenn mich jemand nach den zehn wichtigsten Büchern in meinem Leben fragen würde, dann gehörte dieses auf jeden Fall dazu.« *Elke Heidenreich* in *Lesen!*

List Taschenbuch

L191

Carmen Laforet
Nada

Roman. www.list-taschenbuch.de
ISBN 978-3-548-60686-6

Als die Studentin Andrea in Barcelona eintrifft, ist sie voller naiver Hoffnungen. Doch in der Großstadt eröffnet sich ihr ein Inferno menschlicher Abgründe ... Carmen Laforets existentialistisches Debüt wurde 1945 über Nacht zur literarischen Sensation, ausgezeichnet mit dem zum ersten Mal vergebenen Premio Nadal. Jetzt begeistert der spanische Klassiker erneut Leser auf der ganzen Welt.

»Es hat mich nicht mehr losgelassen, bis zur letzten Seite.« *Elke Heidenreich*

»Dieses Buch ist eine veritable Entdeckung – eine sensationell frische, sensationell zeitgemäße Prosa.« *Die Welt*

»Ein bahnbrechender Roman« *FAZ*

»Carmen Laforet erzählt in einer Prosa, die zu brennen und zugleich aus Eis zu bestehen scheint.« *Mario Vargas Llosa*

List Taschenbuch

L265

Anne Tyler
Kleine Abschiede

Roman. www.list-taschenbuch.de
ISBN 978-3-548-60758-0

Während eines Sommerurlaubs verlässt Delia Grinstead Hals über Kopf ihren Ehemann und die drei Kinder. Noch im Badeanzug trampt sie in eine andere Stadt, wo sie sich ein Zimmer mietet und die neue Unabhängigkeit als Single genießt. Dass die Familie eher halbherzig versucht, sie aufzuspüren, erleichtert ihr den Neuanfang. Erst zur Hochzeit ihrer Tochter Susie kehrt sie nach Hause zurück, wo sie dringender denn je gebraucht wird ...

»Anne Tyler ist die beste Schriftstellerin der Gegenwart.«
Nick Hornby

»Diese raffiniert schreibende Autorin verkörpert das Beste, was die amerikanische Literatur zu bieten hat.«
The Observer

»Anne Tyler beschreibt mit bissigem Witz und scharfer Beobachtungsgabe.« *Münchner Merkur*

List Taschenbuch

L320